李屏瑤劇本集▲

死亡是個小會客室

李屏瑤

目次

熊
眠

角色

吳凡——女，二十九歲。

林維寧——女，三十一歲。

王先生／敘事者Ａ／北極熊／狗——男。

陳奶奶／敘事者Ｂ／鯊魚／貓——女。

序場

▽時間：不明。
▼舞臺：一張講桌。

燈亮，一場小型演講正進行至某個段落。林維寧站在講桌後，穿著正式。聽眾討論著演講的內容，微小的交談聲間歇傳出，還有敲打鍵盤的聲響、清喉嚨聲。

林維寧：以上，我們知道，在每一次的行動出現之前，會有各種形式的線索或警訊出現，包括言語的、行為的、處境的。先出現意念，然後才是動作。及早發現，及早關懷。

敘事者A：大概是從「那一天」開始，她開始做奇怪的夢。不是學生時代那種，忘記要考試、忘記寫作業的，不是那種小型的煩惱，不是那種枝微末節的夢，是更重大、更詭異的。

敘事者B：夢的地點常常發生在正式的空間，例如演講廳，例如大型會場，鋪上紅色厚地毯的那種。

林維寧：嚴重憂鬱症、精神疾病、家族病史、酒精濫用。

敘事者A：地毯有吸音的效果，有時候她感覺，如果躺在地上，自己應該會慢慢陷進去吧。

林維寧：海明威、太宰治、亞里斯多德、川端康成、張國榮。

敘事者B：但是不行，她告訴自己：「妳是專業的，妳必須撐住。」

林維寧：失業、獨居、重大變故、生離死別、遺族、自殺者遺族。

敘事者A：我們不都努力撐到今天了嗎？

林維寧：吳爾芙、普拉絲、阮玲玉、三毛、邱妙津、葉青。

敘事者B：通常要等到天亮，她才會精疲力竭地睡著，在短短的、淺淺的睡眠時間裡，夢還是沒有放過她。在夢裡，她夢見她在夢裡工作，夢裡的工作，似乎跟她真實的工作大同小異，夢裡的她跟真實的她一樣疲憊，不，或許更疲憊，大概多了百分之十的程度。那是夢的抽成，夢的服務費。

敘事者A：她辭職了。

林維寧：當然這也伴隨著許多疑問，到底人有沒有權利自殺？以及，我們有沒有權力阻止他人自殺？

燈暗。

▽時間：深夜。

▼舞臺：吳凡的家，風格簡單，像依照IKEA型錄擺設。有一張兩人座沙發、一張小桌、簡單的廚具、幾張餐椅、幾個櫃子，以及眾多形狀、高度不同的立燈，屋內堆滿大小紙箱雜物。

吳凡在翻櫃子，找出幾個杯子。

屋內有翻找東西的細微聲響，公寓外，出現燒肉粽的叫賣聲。

門鈴響，吳凡先是嚇了一跳，然後去開門。

吳凡：妳好？請問是？

林維寧：我只是來借個電話。

吳凡：啊？

吳凡翻找口袋，拿出手機。

第一場

林維寧：聊天室。「我只是來借個電話」是我的聊天室暱稱。
吳凡：對對對，不好意思，我在等妳來！
林維寧：嚇我一跳，還以為走錯了。
吳凡：對不起，我一時腦袋轉不過來。妳好，我是「百年孤寂」……

沉默。

林維寧：沒想到這些暱稱念出來這麼蠢……
吳凡：跟妳約這個時間會不會太晚？
林維寧：不會，凌晨過後才是我最清醒的時間。
吳凡：這樣上班有精神嗎？
林維寧：我最近在休息……，我帶了之前跟妳說的ＣＤ，沒事的話可以聽，應該可以改變一下心情。
吳凡：謝謝，還讓妳拿過來……，我最近也在休假中。

沉默。

吳凡：妳要不要喝點什麼？抱歉，我一直找不到茶壺，我記得我有買過啊……

林維寧：沒關係，我有帶東西。妳想要喝咖啡還是熱巧克力？

林維寧從包包裡拿出一個藍色馬克杯、沖泡包、熱水壺。

吳凡：哇，妳包包裡都裝什麼……？

林維寧：帶多一點東西出門，我會比較有安全感。咖啡還是熱巧克力？

吳凡：熱巧克力好了。謝謝。

林維寧沖泡飲料。

林維寧：妳要搬家？

吳凡：只是想整理東西。

林維寧：我帶的杯子是藍色的，妳喜歡藍色嗎？

吳凡：沒特別感覺。

林維寧：我以為大家都喜歡藍色。

吳凡：我還好。

林維寧將飲料遞給吳凡，吳凡接過，喝了一口。

林維寧起身走動，觀察屋子。

吳凡：巧克力也有咖啡因，這樣會不會更睡不著？

林維寧：其實如果是像妳這種重度失眠的人，生理層面的影響是很小的，重點在其他地方。

吳凡：妳說的話聽起來好專業。

林維寧：（停頓）Google很方便嘛，睡不著的時候我就喜歡亂查東西。

吳凡：（盯著林維寧的腳邊）妳有養貓啊？

林維寧：什麼？

吳凡：噢，沒什麼。

林維寧：有……，之前養過，妳怎麼知道的……？是不是我身上還有貓毛？不好意思，妳會過敏是不是？

林維寧檢視、拍打身上衣物。

吳凡：沒有，沒事。

林維寧打量室內，最後站在書櫃前方。

林維寧：我以為妳喜歡馬奎斯，但是這裡好像沒有他的書？

吳凡：馬奎斯？

林維寧：妳的暱稱，百年孤寂。

吳凡：哦，那是王菲的一首歌……一百年前你不是你，我不是我……

林維寧略顯尷尬地跟著哼。

吳凡：那妳的暱稱是怎麼來的？

林維寧：馬奎斯的短篇小說，關於一個女人不小心被當成瘋子，後來變成最瘋的瘋子的故事。

吳凡：跟妳說的《百年孤寂》同一個作者？

林維寧：是啊。

吳凡：好巧噢。

林維寧：對啊。

吳凡：妳剛剛說，不是生理層面的影響，所以是心理的問題？

林維寧：（停頓）不用想得太嚴重，可以當作是迷路了，所以導致身體沒辦法走到睡眠的道路上。如果可以找到導航、幫忙釐清方向，身體自然就會睡著。

吳凡：感覺好奇怪，不管認識多久，如果沒有真正見過面，在路上遇到還是會把對方當陌生人吧。

林維寧：妳常常喝陌生人給妳的飲料嗎？

吳凡：妳的意思是？

林維寧：我常喝喔。即使是從沒去過的7-11、星巴克，我在那裡還是可以點到味道差不多的飲料，即使是從不認識的人手上遞過來的，即使那個名牌上的名字根本只是外號。比起很多事情，有時候我寧願相信陌生人的善意。

林維寧：我好像說得太多了，該怎麼稱呼妳比較好？

吳凡：就吳凡吧，吳就那個吳，凡是平凡的凡。……那妳是？

林維寧：李莫愁。叫我李莫愁就可以了。

吳凡：金庸那個李莫愁？是外號嗎？

林維寧：本名，我爸爸是金庸的書迷……妳擅長記人名字嗎？

吳凡：臉還可以，名字很不行。

長沉默。

簡訊聲響起，吳凡拿出手機。

林維寧：那先不打擾妳，改天再見。

吳凡：妳怎麼回去？

林維寧：不用擔心，我騎車。對了，我看過一份資料，重度失眠者到了凌晨四點左右，會開始出現想睡的徵兆，這時候要好好把握，不然……

吳凡：不然怎樣？

林維寧：不然天就要亮了。晚安，吳凡，很高興見到妳。

燈暗。

第二場

▽時間：白天。
▼舞臺：不知名公寓。

燈亮，場上堆滿大量雜物，看起來都是影片光碟跟雜誌，王先生穿著四角褲跟西裝外套，吊在門邊。屋裡一直有不知道從哪裡傳出的女性呻吟聲，夾雜A片的無意義對白。

吳凡：打擾了。

吳凡走進來，在門口處戴好口罩跟手套，她停頓了一下，戴上浴帽，全副武裝走進雜物堆中。王先生離開吊繩走下來。

王先生：妹妹、妹妹，陪我聊聊天嘛……。妹妹、妹妹，妳還會待幾天？

吳凡不理會，繼續整理，把面前的雜物擺整齊些，開始將成堆的DVD裝箱。

王先生：吳小姐，我跟妳說，這一切都是我媽害的。我跟妳說，我媽從來沒有好好教過我，她只會教我姊，四個，我那四個姊姊都看不起我。說好聽點是把財產都留給我啦，房子她們拋棄繼承，我跟妳講，她們就是看不起我，覺得我是個好吃懶做、不事生產的人。我是一個好人，真的，我沒有做什麼壞事⋯⋯。我知道妳看得到我。

吳凡不理會，繼續打包。

王先生：不想聽家務事？那聊聊天氣，股票也可以，或是最近的新聞，有沒有什麼八卦？

吳凡仍舊不理會，王先生開始繞著她走。

王先生：我老婆很聽話，又乖又漂亮，家裡是比較窮，但是念過大學。她在親戚的工廠上班，一介紹來，我媽媽就說：「這個好。」出去看了一次電影，看蔡明亮的《愛情萬歲》⋯⋯我品味很好吼⋯⋯中間當然有睡著一下下。燈亮之前我有醒，那個那個……什麼貴媚，妳知不知道我在說誰？就那個什麼貴媚，最後在公園椅子一直哭的那裡，我想說，電影院現在音效這麼好，好立體噢，才看到是我老婆在哭，那時候還沒有結婚啦，總之她在哭，哭得比那個貴媚還慘。到底是什麼貴媚，妳用手機幫我查一下好不好？想不起來我會睡不著欸。

吳凡繼續收拾。

王先生：收這麼快，妳有沒有看一下內容啊，裡面很多夢幻逸品，買都買不到欸……，欸欸欸！那個不能丟，那個是我多年的收藏！那片是小愛的初亮相！妳有沒有聽到啊！不能丟，小愛不能丟！放下！放下！把小愛放下啊！

吳凡的手機響起。

吳凡：你好。對，還在委託現場。（看看四周）估計還要一個工作天吧，好的。……問過對方了，全部丟掉。……好啊，如果公司裡有人想要的話。暫時不需要協助，好，謝謝。

吳凡俐落地把一堆雜誌打包成一捆捆。

王先生：不要啊，不要啊！至少放過悠亞，放過結衣啊！我真的不是壞人，我沒有做什麼壞事，我、我給妳錢！

王先生從西裝外套裡掏出一堆紙錢，把錢堵在吳凡面前。吳凡視若無睹，走去牆邊，乾脆地把海報撕掉。掛在牆上的王先生黑白照片掉落，發出聲響，王先生被嚇到。

王先生：吳小姐，我跟妳說，剛剛說初亮相那片，盒子打開，裡面有十萬塊現金，都給妳！這幾本寫真妳不要丟，到時候拿去我寶福山的櫃子裡放，可以嗎？拜託妳，我跟妳跪下！

王先生想阻止吳凡的動作，卻碰不到她，無可奈何，急得繞圈圈。

王先生：拜託妳，錢拿去沒問題，就是那一片不要丟啊！那是我多年的收藏，我家人都不理我，失眠的時候都看這部解悶，小愛就像我的家人一樣，拜託妳……

吳凡走到紙箱堆，翻出王先生說的片子，拿出一疊千元鈔票，把片子丟回去。她找出一個夾鏈袋，把鈔票收好，從口袋找出單據，開始撥打電話。

吳凡：王太太，您好。

聽到這句話，王先生驚叫出聲，吳凡轉頭看他，示意他安靜。

吳凡：喔，對，陳小姐，不好意思，這邊是清潔公司。對，我還在他公寓裡……，不好意思，可以請您說大聲點嗎？對，我知道王先生的東西要全部丟掉。……是，只是想通知您一聲，在物品裡找到十萬塊現金。……在DVD盒子裡。……沒關係，不用客氣，是，是，那我先把錢拿回公司寄放，您有空過去拿，好的。……啊，稍等一下，王太……陳小姐，想問您王先生的塔位號碼是？……只是想經過的話去致意。……好的，謝謝。

吳凡掛上電話。

王先生：拜託啊，吳小姐，不要丟那片，我求求妳，不要丟！

吳凡：（遲疑）不要丟可以，你誠實地回答我一個問題。

王先生：天啊，吳小姐終於開金口了！幾個問題我都回答，妳繼續說！

吳凡：你的ＤＶＤ盒子裡有十萬塊，幾天下來也整理出不少私房錢。

王先生：哇！妳好會找，找到的比我想得還多！

吳凡：所以你不缺錢？

王先生：是啊。

吳凡：那為什麼要……

王先生：（做個吐舌頭的鬼臉）妳是說這個噢。

吳凡：嗯，你不缺錢，有什麼想不開的。

王先生：吳小姐妳還年輕，我跟妳說，那些可以用錢解決的問題，都不是問題啦。

吳凡：我覺得你日子過得太好了。

沉默。

吳凡繼續整理，她有些發怒，將物品歸類時發出比之前更大的聲響。

王先生：吳小姐，小力一點，我聽說妳是專業的。

吳凡沒回應。

王先生：吳小姐，妳跟我說話好不好？我好無聊。

吳凡沒回應。

王先生：妳看不起我，妳也看不起我對不對！

王先生想踢地上的雜物，踢不到，反而自己跌倒在地。吳凡看都不看他一眼，繼續收拾。王先生靠近吳凡，猛地大叫。

吳凡：我最討厭你們這種無聊的中年男子。

王先生坐倒在地。

王先生：我跟我太太離婚之後，她就搬出去住了。女兒歸她，一下要考試，一下要去哪裡，一年都沒有見到一次面。今年我女兒上國中，不知道是突然想到還是怎樣，有一天晚上就直接出現在門口了。我好感動，真的，差一點就哭出來了，說起來好丟臉，我最怕丟臉。她來了，但我家沒東西吃，我叫她先在客廳坐著，我叫披薩，還加一堆有的沒的，像過年一樣豐盛，半小時以內就會到了……。（若無其事擤鼻涕）外送電話寫在牆壁上，我打完電話，不到一分鐘吧，然後我掛掉電話突然想到，啊，我客廳貼的那些女優海報，還有電視旁邊那些沒收好的ＤＶＤ。然後我轉過頭，我女兒已經穿好外套、背好書包，站在門口那邊要穿鞋了。她那個眼神，我不知道該怎麼形容，就是，就是很不屑嗎，好像看到髒東西，好像，好像我不是一個人，連站在她面前，都讓她覺得髒，原來如此，我很髒啊。

王先生哭了起來。吳凡沉默，把初亮相的片子從紙箱裡撿起來，裝進另一個夾鏈袋。

王先生試圖擁抱吳凡，吳凡巧妙閃開。

王先生：謝謝！謝謝！妳真是個大好人！妳就跟他們說得一樣好！

燈暗。

第三場

▽時間：夜晚。
▼舞臺：吳凡家。

門鈴響，燈亮，吳凡去開門，林維寧提著小行李箱。外頭有燒肉粽的叫賣聲。

林維寧：不好意思，我遲到了。
吳凡：沒關係，反正沒事。

吳凡在沙發坐下，林維寧也坐下。

林維寧：我本來想假裝來跟妳借書，但說實話，我只是來聊天的。
吳凡：跟大家在聊天室談得還不夠啊。
林維寧：網路聊天跟面對面還是有點不同。
吳凡：對啦……，妳怎麼找到那裡的？

林維寧：有一天我睡不著，忽然想到，應該也有一些跟我一樣的人吧。好像是搜尋失眠，還有其他幾個字，就剛好找到的……，妳今天好嗎？

吳凡：普通……，還是睡不好，好不容易睡著了就一直做惡夢。

林維寧：記得夢到什麼嗎？

吳凡：忘光了，總之是惡夢……，那妳呢？一切都好嗎？

林維寧：啊，我帶了好東西。

林維寧越過雜物堆，把行李箱抬進來，拿出十來個玻璃小瓶放在桌上。

林維寧：有甜橙、萊姆、馬鬱蘭、迷迭香、海洋，還有茶樹、檜木等各種味道，可以選一種喜歡的味道，幫妳放鬆心情，也許可以找到某種，類似睡眠出口的地方。選一種吧！插座在哪裡？

吳凡：除了海洋之外都可以。

林維寧：哦，妳不喜歡海。

吳凡：我怕水。

林維寧：妳怕水？只是味道而已，妳現在在陸地上，這裡很安全的。

吳凡去拿延長線。

林維寧：好，我們換一種。

林維寧將液體倒入薰香臺。

吳凡：這個味道好熟。

林維寧：想想看是什麼？

吳凡閉上眼睛。

吳凡：好熟悉的味道。

林維寧：是啊，是什麼呢？

吳凡：（彈開）海水！

林維寧：不是，只是海鹽！

吳凡：差別在哪？

林維寧：還是有一點差別的，非常微小的不同，但是有差。
吳凡：拜託妳，換一種。
林維寧：這對妳的睡眠會有幫助。
吳凡：我不喜歡這個味道。

林維寧將薰香臺的蠟燭吹熄，吳凡走去開窗，即使是半夜，還是偶爾有車子疾駛而過的聲響。

林維寧：那妳喜歡去海邊嗎？
吳凡：不太記得。
林維寧：然後呢？
吳凡：沒有然後。我不記得。
林維寧：不記得什麼？
吳凡：什麼都不記得。

吳凡移動位置，讓自己離精油遠一點。

沉默。

小小的貓叫聲，吳凡聽見，林維寧聽不見。

吳凡：（笑）妳養了多久的貓？

林維寧：十二年三個月又八天。

吳凡：很可愛。

林維寧：什麼意思？

吳凡：抱歉，我是要說，妳的貓一定很可愛……。我還沒問妳，做的是什麼工作？

林維寧：已經離職了。

吳凡：那是做什麼的？

林維寧：說話。我一直在說話，從我有記憶以來就說個不停。我家以前是開店的，我從小就被放在櫃檯上顧店，長大一點幫忙賣東西、收錢、找錢，跟客人閒聊，必須記得大家的名字。電視永遠開著，我好像就是這樣學會講話的。

吳凡：我家也是開店的。

林維寧：什麼店？

吳凡：雜貨店。
林維寧：真好，我小時候好羨慕家裡開雜貨店的人。
吳凡：可能跟妳想像中不太一樣……，那妳家呢？
林維寧：藥房。
吳凡：開藥房果然可以養出比較健康、比較會說話的小孩啊。
林維寧：嗯，這可能也跟妳想得不太一樣……，那妳之前的工作做了多久？
吳凡：我有跟妳聊過我的工作嗎？

停頓。

林維寧：有啊，妳說是清潔公司。
吳凡：哦，我以為我沒提過。算是吧，清潔公司，搬家公司。
林維寧：難怪妳家這麼……，這是職業傷害吧……，妳離職多久了？
吳凡：兩個星期了。
林維寧：那有沒有想趁空檔，把家裡整理一下？我看過很多失眠者的家，非常兩極，要不是東西非常多，多到沒有路走，不然就是過於偏執得乾淨整齊，妳要不要考慮整理一下，至少整理到一個中間值。

沉默。

林維寧：我也許可以幫忙。妳知道嗎，有個理論說，人在整理雜物的時候，其實也同時是在整理自己的心，把不必要的記憶丟掉，一舉兩得。把不必要的東西都丟掉，人都神清氣爽起來。

吳凡：很謝謝妳，但是真的不用。

林維寧：妳喜歡之前的工作嗎？

吳凡：還不錯，至少大部分時間都不需要說話。

林維寧：妳工作的時候不能說話嗎？

吳凡：不是不能，是不用。我接的案子都是一個人負責，不用跟人建立關係，一整天都不用說話，其實很輕鬆。

林維寧：所以妳都一個人工作，會不會無聊？

吳凡：不無聊，我還滿喜歡的。妳知道我平常說最多的是什麼嗎？

林維寧：是什麼？

吳凡：「要加熱，謝謝。」通常是對超商店員說。

林維寧：我的是：「冰拿鐵，不要糖，謝謝。」

兩人笑。

林維寧：想聽音樂嗎？

林維寧從行李箱拿出卡式錄音機。

吳凡：哇，妳到底帶多少東西來？

林維寧：這是壞的啦，只是擺著好看，音樂當然要用手機放。

吳凡打開卡式錄音機的電臺按鈕，調頻。

吳凡：還可以聽電臺欸！

林維寧：卡帶已經不能用了。

吳凡：為什麼要留壞掉的東西？

林維寧：難道東西壞了就要丟掉嗎？

吳凡：應該要。

林維寧：妳屋子裡這麼多東西都是要丟掉的嗎？

吳凡：它們沒壞，只是沒地方去。

林維寧：妳留著沒用的東西，但是不留壞掉的東西。

吳凡：有用沒用，其實是很看人決定的。妳的沒用，可能對我來說是有用的。

林維寧：那如果，我是說如果，壞掉的是人呢？

吳凡：那就要尊重本人的意見。

林維寧放音樂。海浪聲出。

燈暗。

燈亮時，海浪聲持續。

林維寧坐在一張不太舒服的椅子上，面前另外有一張舒服的沙發。這其實是一場夢，在夢裡，林維寧變成了動物們的諮商師。

鯊魚走了進來。

林維寧：請坐。
鯊魚：怎麼坐好？
林維寧：選你喜歡的姿勢，不用害羞，也可以躺下。
鯊魚：我的背好痛。
林維寧：對不起，這裡太暗了，我沒注意到。你今天好嗎？

鯊魚趴在沙發上，背上是鮮紅的血跡。

鯊魚：我好痛。
林維寧：我知道。
鯊魚：這是妳喜歡的世界嗎？
林維寧：我不知道。
鯊魚：妳吃過魚翅嗎？
林維寧：（用力搖頭）沒有。
鯊魚：好，那我們可以繼續。不然我要換人。

北極熊走進來。

北極熊：你們好。

林維寧：你好。

北極熊：欸，為什麼你也在，今天是海洋生物的團體治療是不是？我以為是一對一。

鯊魚：你不要再抱怨了。

北極熊：來這邊不就是為了抱怨嗎？

林維寧：你們先不要吵架，冷靜一點。

北極熊：他講完背痛的事情了嗎？我覺得很為難，他的翅膀真的滿好吃的。

鯊魚：你現在是怎麼樣？

北極熊：海洋生物也是有自己的食物鏈的。

鯊魚：好，你棒棒，我希望所有的北極冰塊都融化，你們流浪去南極，變南極熊啦！

北極熊：你知道我們漂流影片的點閱率有多高嗎？

鯊魚：好，你是網紅，給你個讚！

北極熊：讚！有什麼用，你說對不對？

鯊魚：對，這些是誰的錯呢？

林維寧：（對著遠方舉手）我不知道有沒有人會聽到，我也想換一張椅子……

燈暗。

第四場

▽時間：白天。
▼舞臺：不知名公寓，擺設溫馨簡單。

燈亮。
吳凡跪坐在舞臺中央，戴著口罩和白手套，旁邊有兩堆紙箱。
背景音樂可能是臺語老歌，最好是陳一郎〈夜夜為你來失眠〉那樣的段子。

吳凡：阿嬤！

衣櫃在搖晃，陳奶奶從櫃子裡開門走出來。

陳奶奶：人都走光了？
吳凡：對。
陳奶奶：只剩下妳？

吳凡：對，剩下我。
陳奶奶：妳說妳幾歲啦？
吳凡：明年就三十了。
陳奶奶：那就是二十九啦。
吳凡：阿嬤今年幾歲？
陳奶奶：七十九囉。我在過生日那天，買了蛋糕給自己吃捏。
吳凡：什麼口味？
陳奶奶：巧克力，我最喜歡吃巧克力了。吃完蛋糕，收拾東西，換一領媠衫……囝兒大漢矣，無想欲拖拖沙沙，予別人費氣。

沉默。

吳凡：阿嬤，過去的事，就不要想了比較好。
陳奶奶：想清楚覺好，我這幾年常常忘東忘西的。
吳凡：有時候忘東忘西也好啊。
陳奶奶：妳年紀輕輕的，怎麼已經活得霧霧了呢。

吳凡：我常常躺在床上睡不著，總是胡思亂想，現在覺得別亂想也好。

陳奶奶：睏袂去？

吳凡：是啊。

陳奶奶：我以前也睏袂去，愈老睡愈少。

吳凡：那現在呢？

陳奶奶：現在有差嗎……？妳一定要戴口罩嗎？

吳凡：看狀況。

陳奶奶：那還不把口罩拿下來，順便陪阿嬤聊聊天。

吳凡把口罩拿掉。

陳奶奶：是我兒子還是女兒找妳來的啊？

吳凡：（從口袋裡拿出單子）委託人是一位陳先生。

陳奶奶：哦，那是我兒子。為了保險起見，我還把妳的電話用伊媚兒寄給他們。

吳凡：阿嬤，妳好厲害！他好像很忙的樣子。

陳奶奶：有夠無閒，逐工掌草，在上海十年了，管好幾間銀行，一年也不知道有沒有回來一次。（指著公寓）他有說要怎麼處理嗎？

吳凡：好像是說要賣掉。

陳奶奶：早知道不把房子給他了……，由在伊……

吳凡：他是說要整理房子，貴重的留著，不值錢的就丟掉。

陳奶奶：丟掉也好。妳跟妳阿嬤感情好嗎？

吳凡：我……沒有印象欸。

陳奶奶：爸爸、媽媽都不帶妳去看阿嬤的？

吳凡沉默。

陳奶奶繞到看起來比較混亂的那堆紙箱旁，指著幾本相簿。

陳奶奶：小姐，是不是弄錯了，這些是我們家的相簿呢。

沉默。

吳凡：阿嬤，我知道，我有打電話跟陳先生確認過，這些沒有弄錯。他說首飾、珠寶、手錶那些都留著，相簿、獎狀、衣服、其他雜物全丟掉。

沉默。

陳奶奶：夭壽……，賞狀我每張都有拿去護貝欸！

吳凡：沒辦法啊……，現在的房子都那麼小，上海可能又更貴吧。

陳奶奶：好，好，也好。反正我也管不到。無彩，丟掉就什麼都沒有囉。

吳凡好像想到什麼，打開某本特別精美的相簿，拿出一張照片。

吳凡：阿嬤，這是妳年輕的時候嗎？

陳奶奶：（湊近）是啊！

吳凡：阿嬤年輕的時候好漂亮。

陳奶奶：妳這囡仔真會說話！

吳凡：那旁邊這位是？

陳奶奶：阮翁……，那時候沒有錢，這是好不容易託人拍的照片，就當作結婚照，好久沒看到這張了……，都是好多年前的事了。伊長得真緣投對不對，對我也很好……，我們一起打拚那麼多年，好不容易把小孩一個個拉到這麼大，開始可以過好日子了，想不到他就先走了。留我一個人在這裡，也不帶我一起走，實在足沒意思。

吳凡：妳想留著嗎？

陳奶奶：可以嗎？（陳奶奶伸手欲接，可是拿不到）煞煞去！

吳凡：沒關係，我拿去廟裡給妳。

陳奶奶：這樣會不會太麻煩妳了？

吳凡：不麻煩，我平常也沒事做，去爬山運動一下也好。

陳奶奶：勞煩妳了……，阿嬤沒有什麼可以給妳的，那妳選個喜歡的手指好不好？當作是見面禮，我的每個孫女兒都有我送的金手指，妳的年紀也跟她們差不多，揀個合意的好不好？

吳凡：不用啊，阿嬤妳太客氣了。

陳奶奶：那手鐲？

吳凡：真的不用，阿嬤妳再這樣，我就不幫妳拿了喔。

沉默。

陳奶奶：妳想不想喝茶？
吳凡：好啊。
陳奶奶：在那邊櫃子裡，有個小盒子，裡面有很好喝的茶葉。
吳凡：謝謝阿嬤。
陳奶奶：妳怎麼會來做這種粗重的工作？
吳凡：剛好有人介紹，我不知道該做什麼好，就來試試看，也做好幾年了。
陳奶奶：那這樣人家問妳做什麼的時候怎麼說？搬家公司？
吳凡：就服務業啊。
陳奶奶：也對也對，還是妳們年輕人聰明。妳可不可以先去泡杯茶？我每天都要喝一杯茶的，今天還沒聞到那味道，還真不慣勢。
吳凡：好啊阿嬤，也幫妳泡一杯。

吳凡拍拍手上的灰塵站起來。
燈暗。

電臺聲：現在是凌晨四點四十四分，歡迎回到《無眠》。剛剛說到睡不著的時候會做什麼，我想到我有陣子會在網路上找很多迷宮小遊戲來玩，有的真的很難，真的走不出去。有一天，我突然想通了，沒有出口的迷宮該怎麼破解呢？那就從入口出去吧……我說得太多了，今天好像會是雨天，大家早起出門記得帶把傘。接下來是聽眾點播，讓我為大家讀一首詩*……雨下得好大／你理應是在屋子裡／但我怕你被其他的東西淋濕／歲月之類／人群之類……

*〈大雨〉，出自葉青詩集《下輩子更加決定》（黑眼睛文化出版，二〇一一年八月）。

第五場

▽時間：半夜。
▼舞臺：吳凡家。

燈亮。

公寓看起來被簡單整理過，吳凡開門的瞬間，門鈴也剛好響起。林維寧走到沙發邊，把行李箱放下。雷聲，暴雨聲，林維寧走到窗邊向外看。

林維寧：妳今天好像特別累。

吳凡：每天都一樣，每天都好累，活著就是一件好累的事。

林維寧：那怎麼辦？

吳凡：妳好像比較有辦法，妳覺得呢？

沉默。

吳凡：不如死一死算了。
林維寧：好啊，不然來試試看？
吳凡：死也可以試，怎麼試？
林維寧：有很多種試法啊。用美工刀之類的試啊，妳這邊還有什麼刀？
吳凡：應該有水果刀。

林維寧走進廚房，拿出幾把刀。

林維寧：有水果刀跟西瓜刀，妳怎麼會有壽司刀啊？

林維寧把刀放在吳凡面前。

林維寧：我去浴室看看。

林維寧走進浴室，揮舞著手上的刮鬍刀。

林維寧：竟然還有刮鬍刀！妳怎麼會有刮鬍刀？
吳凡：妳管我！
林維寧：對了，我這裡有剃刀，還有手牌超級小刀，喚起童年的記憶。妳選一把試試！

吳凡伸手，仔細地一把一把拿起那些刀子，觀看、觸摸。
林維寧神情緊張地觀察她。

吳凡：那……要怎麼試？
林維寧：妳不會啊？很簡單的。拿起來，輕輕割下去。
吳凡：拿起來，割下去？
林維寧：拿起來，「輕輕」割下去。

林維寧從包包撈出奇異筆，在吳凡的手腕中段畫虛線。

林維寧：來，從這裡輕輕劃下去就可以了。

吳凡伸手欲拿剃刀，林維寧把她的手用力拍掉。

吳凡：怎麼了？

林維寧：不行，那把太利了！

吳凡：我知道。

林維寧：妳怎麼知道，妳試過？還是看過？

吳凡：我不記得了。

林維寧：妳從來都不記事情的嗎？

吳凡：我就是不想記。

林維寧：還是要多少記點東西，不然怎麼知道什麼東西重要？

吳凡：沒有什麼是重要的。

林維寧：妳都跟人保持距離，怎麼會知道哪些重要哪些不重要？

吳凡：這沒關係。

林維寧：如果妳什麼都不去試，這樣活著有什麼意思？

吳凡：沒有什麼好試的，很多事只要一次，然後妳的人生就毀了。一開始只是借一點點錢，如果還不出來，那個幾萬塊就變成幾十萬、幾百萬，接著半夜就有人來妳家門口潑紅漆、放鞭炮、開槍。哪裡有試試看的機會，一次就毀了妳懂不懂！

沉默。

吳凡：我們之前見過嗎？

林維寧：應該沒有。

吳凡：我有做過什麼讓妳痛苦的事嗎？

林維寧：……妳到底想不想試試看？趁我在這裡。

吳凡猶豫了一下，伸手拿手牌超級小刀。林維寧幫忙把小刀打開，遞給吳凡，吳凡接下，拿起小刀，輕輕在自己左手腕虛線處劃過，兩人屏息看著吳凡的手。

吳凡：咦，沒事。

林維寧：妳力氣太小了，連汗毛都割不斷！

吳凡：是妳說要輕，輕，割，下，去，的。

林維寧：力道自己要拿捏一下嘛，還是我示範給妳看？

吳凡：不需要。

林維寧：還是妳怕痛？如果妳怕痛的話，就要換種方法。

吳凡：不是怕痛。

林維寧：那怎麼了？

吳凡：就是有點怕。

林維寧：會怕是好事，知道怕就別再說「死一死算了」這種話，明天又是新的一天……。好了，不要玩了，把刀還我。

燈暗。

林維寧收拾刀具。吳凡看著林維寧伸出來的手，用力往自己的手割下去。

燈亮。

吳凡坐在沙發上，手已經簡單包紮過，坐在旁邊的椅子閉目養神。林維寧從書櫃上拿出一本書。

林維寧：這本詩集的名字好特別，妳怎麼會買？

吳凡：因為名字很特別……

林維寧：《下輩子更加決定》。

吳凡：我很想知道，這輩子沒辦法知道的事情，下輩子能不能夠知道。

林維寧：（讀詩）＊

很想成為你的身體
用你的眼睛看你的風景
最近的風景仍然是你的身體
可以一直這麼靠近地看
一個人凝視著自己的手指沒有人會懷疑

用你的雙手環抱你的身體
讓別人以為那是沉思　或等待的姿勢但
那是我們長長的擁抱

林維寧讀到哽咽，吳凡接著讀完。

吳凡：（讀詩）＊
用你的腳走出門　傍晚獨自回家
回到家的時候　抬頭看見樓上微黃的燈光
從你的背包掏出一把鑰匙
用你的耳朵聽我每天等著的　你開門的聲音

林維寧把書合起來，往門外走。

林維寧：我去抽根菸。
吳凡：我以為妳不抽菸。
林維寧：我是不抽。

林維寧出門後，吳凡看向自家書櫃的高處，揮手向大家看不見之物打招呼。那個物體跳到冰箱上，吳凡溫柔地接近，做出摸貓咪下巴的動作。

吳凡：你喜歡站高高對不對？你喜歡冰箱是嗎？怎麼每次來都站在冰箱上

面？來，過來……，你是隻好乖好乖的小貓……，怎麼啦，你怎麼還在這裡？

吳凡把貓咪一把抱住，坐在沙發上。

吳凡：哎呦，你好冰，會不會冷冷？呼嚕嚕噢，你好棒好棒……，你擔心你的主人嗎？有什麼事，你可以跟我說噢，我不一定聽得懂，但我可以感覺……。我改天去買罐頭給你好不好？喜不喜歡罐罐？做一個好高好高的罐頭塔給你好不好？

門猛地打開，林維寧進來，看見吳凡不自然的姿勢。

林維寧：妳怎麼了？

吳凡：我……　手痛……

林維寧：妳不是說妳不怕痛？

吳凡沒回答，林維寧扶她坐到沙發，拆開繃帶，幫她重新包紮。

吳凡：其實沒人來過我家。

林維寧：連妳家人都沒來過？

吳凡：技術上來說，我沒有家人。

林維寧：妳爸媽呢？

吳凡：不見了。失蹤了。死了。

林維寧：跟妳怕水的事情有關嗎？

吳凡：妳第一次來的時候，是我住在這邊第一次聽到門鈴響起……，原來聲音聽起來是這樣的。開門的時候，我還以為是我媽來接我了。

林維寧：（停頓）不好意思，讓妳失望了。

吳凡：無所謂。是誰都無所謂，我都不太在乎。過馬路的時候，我偶爾會想，被車撞好像也無所謂，只是血肉模糊了一點，好像就可以好好休息了。

沉默。

林維寧：有時候我覺得很疑惑，有人先走了，有人留下來，這些事到底是誰決定的？我不應該這樣想，但還是會覺得很不公平，憑什麼這個人死了，憑什麼那個人可以活著？

吳凡：（小聲說）像是我，為什麼只有我被留下來。

林維寧：妳說什麼？妳再說一次！

吳凡坐起來，在抽屜裡翻找東西。

林維寧：妳在找什麼？

吳凡：我的安眠藥，我好累，我今天想好好睡一覺。

林維寧：要不要試試我的安眠藥？

吳凡：是哪一種？使蒂諾斯？舒眠諾思？樂必眠？酣樂欣？妥利安？立舒眠？我都試過了，沒一個有用。

林維寧：是新藥，薛西佛斯。

吳凡：薛西佛斯？推石頭的那個？哪家藥廠取這種鬼名字。

林維寧：還不錯，除了吃完話會比較多之外，一切都好。

吳凡：妳吃過？

林維寧：（停頓）對啊，我吃過。

吳凡：那現在呢？

林維寧：很好啊，世界一片光明燦爛。

林維寧把藥遞過去，吳凡伸手接過，吞下。

燈暗。

林維寧：妳聽到大海的聲音了嗎？

燈緩緩亮起，海浪聲漸強。

吳凡坐在兩人座沙發上，看著前方。

吳凡：坐上車我就聞到一股味道，那臺車是租來的，嶄新的沙發，味道非常強烈。那天一開始就不太一樣，一大早我就被搖醒，媽媽說：「妹妹，我們今天不上課，我們出去玩。」爸媽都忙著做生意，我們從來沒有全家一起出去玩過，我問：「去哪玩？」媽媽說：「去海邊。」爸爸沒說話，開得好快。我在後座哭了，我說：「我想吐，開慢一點，暫停一下好不好？」在很靠近海的地方，車子停住了，我衝下車，在一堆貝殼上吐了，吐出來的只有水，因為我那天一點東西都沒吃。爸爸不說話，要拉我一起去玩水，我哭著說：「不要」。媽媽說：「拜託，拜託，我求求你了。」她跟爸爸拜託、拜託、不要，就像她常常在電話裡跟人說的一樣。「拜託、拜託、求求你，再給我們一天就好……」後來媽媽把我抱起來，把我抱得高高的，坐在高高的救生員椅子上。媽媽說：「妹妹，妳要坐好，妳要坐得高高的，這樣才有人看到妳。」

他們把鞋子脫在我身邊，他們去玩水了。

燈暗。

電臺雜訊。

電臺聲：忠孝橋往三重環快入口處外側事故，已有員警在現場處理……臺九線四百四十九公里處發生事故，南下車道單線雙向管制……公路總局呼籲用路人，近期地震、強降雨頻發生，行駛山區道路請事先做好行程規劃，強降雨期間避免進入山區公路，並請多利用公路總局省道即時路況系統……

電臺調頻聲。

電臺聲：早安，現在是八點零八分，歡迎回到《無眠》。又是一週的開始，大家有沒有「Monday blue」呢？該不會你還在賴床吧！正在開車或是通勤的朋友，讓我為你按個讚，還沒出門的朋友，今天好像還是會下雨，記得帶一把傘給今天用。接著，我們繼續聽一首歌來振奮一下精神……

燈亮。

林維寧按門鈴，沒人回應，她轉動門把，發現門沒鎖。她開門走進來，手上拿著兩個紙袋。

林維寧：早安！門沒鎖，我自己進來了……。我幫妳買了早餐，有燒餅油條還有漢堡蛋餅，加上紅茶、豆漿、咖啡，妳想吃什麼都可以。

林維寧把東西放在桌上，敲房間門，無人回應。她開門，發現沒人。

林維寧：有人在嗎？

林維寧敲門，沒人回應。繼續敲。

林維寧：妳在浴室嗎？

林維寧打開浴室門，她發抖著跑出來，撥電話。

林維寧：喂，一一九嗎？我要叫救護車……

燈暗。

＊〈你的身體〉，出自葉青詩集《下輩子更加決定》（黑眼睛文化出版，二〇一一年八月）。

第六場

▽時間：白天。
▼舞臺：醫院。

燈亮。

吳凡躺在病床，陳奶奶坐在旁邊的沙發上，王先生站在一旁。

吳凡睜開眼睛。

陳奶奶：夭壽囡仔！

吳凡：阿嬤，妳怎麼在這裡？

陳奶奶：有人說在醫院看到妳，我來看看。

吳凡：消息傳得好快。

陳奶奶：猴死囡仔，妳差一點把我驚死！

王先生：無法度死兩次啦！

吳凡：我都好，阿嬤不要擔心。

陳奶奶：好，沒代誌就好。

王先生：所以妳可以講這麼多話嘛……，我覺得不太公平。妳怎麼會認識林醫師？

吳凡：林醫師？

陳奶奶：對啊，她一直在這裡。

王先生：她長得很漂亮，臉小小的，皮膚白白的，身材也……

吳凡：好，話題先停在這裡。

王先生：妳不要這麼兇嘛。

吳凡：對不起，我……我比較缺乏跟中年男子相處的經驗。

王先生：我是來跟妳道謝的，片子已經收到了。

陳奶奶：騙子？誰是騙子？

吳凡：無啥物，你們為什麼會來？

王先生：我還在等排隊，阿嬤排在更後面，結果有新人說在醫院看到妳，我們就偷跑來看看……，妳也想不開？

陳奶奶：你現在不要說這個！

王先生：林醫師好像快回來了。

陳奶奶：沒事就好，幸好來得及見到妳，我真的該走了，小王，來去。

王先生：吳小姐，謝謝妳，我就不說再見了。

吳凡：你保重。阿嬤，妳要好好保重。

陳奶奶跟王先生往外走。

陳奶奶：（回頭）妳是個好孩子，妳要記得這件事。

吳凡：謝謝阿嬤。

陳奶奶：再見！

王先生：不能說再見啦！

陳奶奶：來去啦！

王先生：來去！來去！

燈暗。

燈亮，林維寧走進來。

林維寧：嘿，妳醒啦。醫生說沒什麼大問題，只是妳太累了，要睡飽一點……。妳吃了那麼多種安眠藥，真的有想醒來嗎？

吳凡：我只想好好睡一覺。

林維寧：妳把我嚇死了。

吳凡：喉嚨有點痛。

林維寧：妳才洗完胃，喉嚨不舒服是正常的，休息一下就沒事了。

吳凡：我覺得這次的感覺跟以前不一樣……，那個薛西佛斯到底是哪來的安眠藥？

林維寧：不是安眠藥，是深海魚油。

吳凡：妳是說保健食品嗎？難怪我一直覺得有股腥味。

吳凡咳嗽，林維寧遞水，吳凡喝下。

林維寧：妳真的有點太過分了。

吳凡：對不起，我真的只是想好好睡覺。

林維寧：睡得好嗎？

吳凡：我一直做夢。

林維寧：什麼樣的夢？

吳凡：有點難形容……，我一直聽到有人在叫我的名字，那好像是我媽的聲音……

林維寧：妳在病床上哭到枕頭都濕透了。

吳凡：睡不著的時候我常常有幻覺，覺得有人在叫我，但是我從來都看不到對方是誰，我不能確定那到底是不是我媽。太過分了，我什麼都看到過，為什麼就是沒看過我媽呢？這次我做了個好長的夢，我看見我媽了，她走在海邊，她對我笑。我追上去，陪她散步……，後來我聽見有人在叫我，這次我很確定，是妳的聲音。然後我媽說：「再見。」她笑著跟我說「再見」，醒來才發現自己在醫院。

林維寧：妳現在覺得還好嗎？

吳凡：很奇怪，我覺得精神很好，從沒有這麼好過……，怎麼說，好像死過，又活起來，一切都清楚了。

沉默。

林維寧：我一直很想知道一件事，也許妳可以回答我。

吳凡：什麼？

林維寧：人為什麼會自殺。

吳凡：妳沒有想過嗎？

林維寧：我有，但是我想聽妳的感覺。

吳凡：這幾個月我很少出門，上上星期我出門去結清銀行戶頭，順便把錢捐給我住過的育幼院。走路回家的時候經過一座橋，我看見橋下有警察跟搜救人員，橋邊有雙鞋。妳知道為什麼那些人雖然忘東忘西，但總是記得脫鞋嗎？

林維寧：為什麼？

吳凡：因為他們要回家了。回到一個從沒想過的好地方，那裡乾淨整潔，妳不會想要穿著鞋去弄髒它的。

林維寧：妳說的是一種看法，但我始終覺得，那不是最好的方法。（停頓）去年六月，我的女朋友自殺了。在我們還不是朋友以前，她曾經是我的病人。她的名字是李莫愁。（拿出照片遞給吳凡）這是她最喜歡的一張照片，告別式聽說也是放這張照片，妳記得她嗎？

長沉默。

吳凡：所以妳是……林維寧。

燈暗。

第七場

▽時間、地點：不明。
▼舞臺：場上有三張較先前舒服的椅子。林維寧跟貓、狗已入座。

狗：大家好。
貓：你好。
林維寧：讓我們歡迎新朋友。
狗：我可以問問題嗎？
林維寧：請說。
狗：你們有被所愛的人拋棄過的經驗嗎？

沉默。

林維寧：你問了一個有點沉重的問題。
狗：我曾經愛過人噢。我愛著一家人，把拔、馬麻、姊姊、底迪，不管是誰叫我，我都會搖著尾巴衝過去，我真的很努力地去愛人了。

林維寧：你一定很努力，你做得很好了。

狗：可是有一天，把拔帶我出門，到一個我從沒去過的地方，只帶我一個，他帶了一大袋乾乾、一大碗水，然後他把我，跟乾乾……

貓：你不要再說了，我不想聽。

狗：你們貓咪好脆弱。

貓：是傲嬌。

狗：好，我繼續，然後他把我跟乾乾，跟水，放在樹下……

林維寧低頭哭泣。

貓：我還沒有說我的故事。

林維寧：對不起，我太不專業了。

狗：沒關係，是人都有情緒。

貓：你說完了嗎？

狗：沒關係，接下來的事，大家應該都知道了。

貓：不像狗，我是自由的，我不屬於任何人。

狗：欸，不要狗身攻擊。

貓：我喜歡在巷子散步，樹葉掉在頭上，我就會覺得那一天很幸運。有一天，我遇到一個陌生人，他看起來心情很不好，但他竟然願意買罐罐給我吃。我平常不是這樣的，但我想，我也許可以安慰安慰他，我走下圍牆，想要蹭蹭他。他抓我，我以為他只是想摸摸我，但是他的力氣好大……

林維寧放聲大哭。

貓：這不是妳的錯噢。

林維寧：作為人類，我很抱歉。

貓：你們裡面有一些很好的人。

狗：裡面有很多、很多很好的人！

貓：所以妳不要哭了。

狗：你說完了嗎？

貓：妳知道那些來餵我們的人叫什麼嗎？不管是雨天還是颱風天，他們都敲著罐罐帶著乾乾，偷偷藏一些乾淨的水在我們看得到的地方，愛心媽媽跟愛心爸爸，如果這不是愛，那什麼才是？

林維寧：我不知道。

貓：人類真的好愚蠢。

林維寧：真的，真的，我很抱歉。

貓：就說了不是妳的錯，妳不要再討拍了。

林維寧：對不起。

貓：你，你去抱她一下，舔舔她的臉什麼的，讓她不要再哭了。

狗：好。

林維寧：沒關係，我好了，我們繼續。

貓：那你覺得你有被愛過嗎？

狗：即使被拋棄，我還是有過很好的時光，把拔跟馬麻一定有他們的困難，我謝謝他們……，說這些聽起來蠢蠢的，我愛他們，現在還是，而且，我真的好想活下去噢。

貓：狗就是鄉愿……

狗：你不想活下去嗎？

貓：我想啊。

沉默。

貓：那個人，妳覺得妳有被愛過嗎？
林維寧：我想我有。
狗：欸，你又把她弄哭了。
貓：（向遠處舉手）我們下次可以換一個人嗎？這個人好脆弱。

燈暗。
燈亮時，場上只剩吳凡跟林維寧。

吳凡：我不知道該怎麼跟妳談這件事。
林維寧：什麼事？等一下，這是我的夢，妳為什麼會在這裡？
吳凡：我知道，失去是一件很痛苦的事。
林維寧：所以我們現在要談失去嗎？
吳凡：對，妳可以盡量說。
林維寧：我告訴妳，我根本不是大家想的那樣，我是個自我中心的白癡。莫愁出事的時候我還在工作，我以為她的狀況好轉很多，等到我有假，還可以一起去旅行……，現在想起來，根本不知道在忙什麼，沒有任何一件值得記起來的事，我他媽的為什麼沒有跟她待在一起。後來我一直吃不下也睡不著。

吳凡：後來呢？

林維寧：後來我養了好久的貓死掉了，貓已經很老了，牠是在睡夢中離開的，我覺得這樣是一件幸福的事。

吳凡：後來呢？

林維寧：我以為不會有什麼改變的，不知道過了多久，幾個月吧，我忘記停掉固定的貓砂跟罐頭，然後我的屋子被根本用不完的貓砂跟罐頭填滿了，然後，我就辭職了。

吳凡：妳已經盡了一切努力，那不是妳的錯。

林維寧：妳是說人還是貓？

吳凡：都是，妳很努力了，妳非常、非常努力了，真的，很足夠了。

林維寧：我好常對別人說這些話，要讓自己相信總是特別難。

吳凡：聽我說，不是妳的錯。

林維寧：我知道，我都知道。

吳凡：我不知道這樣說會不會太冒犯，但是我見過非常多人，非常多選擇離開的人，當中有非常好的人，李莫愁也是⋯⋯，可能是這個世界不夠好，留不住那麼好的人，所以她去另一個地方旅行了。

林維寧：我連她的告別式都沒辦法參加。

吳凡：為什麼？

林維寧：我根本沒有被通知。

吳凡：那妳有好好地送她離開嗎？

林維寧：怎麼送？

吳凡：想像一場火焰，舉辦一場告別式，讓自己去面對這件事，真的，假的，人的，貓的，都沒有關係。

林維寧：妳在說什麼？

吳凡：妳的冰箱。

林維寧：妳到底想說什麼？

吳凡：妳的冰箱裡面有一隻貓，妳什麼時候願意面對這件事？

林維寧慢慢走出來，吳凡跟在她身邊。

紅色燈亮。

林維寧深呼吸，準備。

吳凡：（叮嚀）妳要說：「火來了，趕快跑。」

林維寧抽泣。

吳凡：火來了，趕快跑。

林維寧：火來了，趕快跑。

兩人聲量漸強。

吳凡：火來了，趕快跑。

林維寧、**吳凡**：火來了，趕快跑。

燈暗。

第八場

▽時間：半夜。
▼舞臺：吳凡家。

燈亮，屋內開著大燈，明顯整齊許多。

門鈴響。林維寧進門坐下，吳凡從櫃子裡拿出一個鵝黃色的杯子，遞給她。

吳凡：這是妳的杯子，對吧？

林維寧接住杯子，小心翼翼地捧著。

林維寧：我以為已經被丟掉了。

吳凡：這個杯子一看就知道是特別做的，杯底還有刻字。我本來想跟其他東西一起寄出去，不小心遺漏了，一直放在我這。

林維寧：非常謝謝妳，這個杯子很重要。那封信，也是妳寄給我的，對嗎？

吳凡：她的房子，我印象很深刻，客廳是鵝黃色的，房間是天空藍。

林維寧：我有幫忙粉刷。

吳凡：牆壁上貼著電影海報、卡片、一些句子，還有她笑得很開心的照片。

林維寧：照片是我拍的。

吳凡：那時候我還想，住在這個房間的人看起來好幸福，跟這個房間主人在一起的人，一定也很幸福。

林維寧：謝謝妳這麼說……，我好想念那個房間，待在那裡就覺得溫暖，覺得好安心……。妳的電話在醫院裡面流傳好一陣子了，然後我聽說妳會去某個失眠者的聊天室，那陣子我每天掛在上面，開好幾個視窗跟人聊天。有一天，妳上線了，妳跟別人說了一些話，憑直覺我就知道是妳。人如果生病久了，常常擔心自己變成家人、朋友的負擔，好像只要有了妳的電話，他們就可以無憂無慮地離開，我不知道該怎麼看待這件事情，或者是，要怎麼理解妳之前做的那些事。我那陣子真的好忙，現在想起來，也不知道在忙什麼，我好想抱她一下，好好地抱她一下。

吳凡：妳閉上眼睛，在心裡好好地擁抱她，她會收到的。

林維寧：收得到嗎？

吳凡：收得到的，物質不滅，妳傳過去，不管她在哪裡，她會收到的。

林維寧：物質不滅，那人會變成靈魂嗎？

吳凡：對，像靈魂那樣……，我只是想幫忙。

林維寧：我知道。

吳凡：所以妳主動來接近我？

林維寧：我不知道該恨妳，或是謝謝妳，但我真的很想看看妳，看妳長什麼樣子，過什麼生活，之後的事妳就知道了。

吳凡：妳會恨我嗎？

林維寧：我也想問妳一樣的問題。

吳凡：我希望我們可以是朋友。

林維寧：我們是啊。

吳凡繼續收拾，林維寧環顧房間。

林維寧：這裡看起來跟之前差好多，很不錯欸。

吳凡：之前有朋友建議我，趁空檔整理家裡。

林維寧：聽起來是個不錯的建議，這個朋友很值得交……，需要幫忙嗎？我可以幫箱子寫字喔。

林維寧從包包拿出奇異筆。

吳凡：好啊，請幫我在門邊那堆上面打叉叉……，妳想劃虛線也可以。

林維寧：我後來想了很久，即使這個世界不夠好，留不住一些我們覺得很好的人，甚至留不住我們愛的人……，選擇死亡需要勇氣，但是選擇留在這個世界，可能需要更大的勇氣。

吳凡：所以妳是選擇留下來的人？

林維寧：我想這件事沒有名額限制……，算妳一份啊。

吳凡：第一次見面的時候，妳為什麼要用她的名字？妳怕我認出妳嗎？

林維寧：我想知道妳記不記得莫愁，也不完全是這樣，總之下意識就這樣回答了。莫愁離開後，名字就跟她一起離開，我再也沒辦法叫那個名字，也沒有人可以跟我討論那個名字。那天妳問我，我就脫口而出了，反正她暫時不需要這個名字，我就拿來過一段日子。

吳凡：這樣也滿好，我也希望有人會這樣記得我，幫我活一段。

林維寧：妳想改名成林維寧嗎？

吳凡：那妳想改名叫吳凡嗎？

林維寧：聽起來很不錯。

吳凡放下手邊的箱子，她伸出手。

吳凡：妳好，我是林維寧，一切歸零的林維寧，很高興認識妳。

林維寧：妳好，我是吳凡，沒有煩惱的吳凡，也很高興認識妳。

燈暗。

劇終。

可寵

角色

敘事者
雅婷
安安
小C
Amy
雅婷母親
房東蘇老師
鄰居陳先生
搬家師傅

▼舞臺：場景都在客廳，其餘只能看到往廚房跟房間的通道、大門。

客廳一片混亂，分成左右兩大堆書籍物件，中間有一小堆雜物。室內有紙箱，有各種袋子跟雜物。沒有臺詞或動作的時候，敘事者在屋子裡任意遊走。

雅婷聲：樓梯間的燈又壞了。

雅婷跟小C拿著幾個未封好的紙箱、幾卷透明膠帶走進客廳。

敘事者開燈。

小C：她還在睡嗎？

雅婷：我剛剛有叫她。

小C：這樣根本包不完，快把她叫起來。

雅婷：不要啦，她起床氣很嚴重。

小C：妳真的對她太好，以前對我有這麼好就好。
雅婷：不是說下午有事？東西放了快走。
小C：還有時間啦。哇！妳們的書比我上次來還多！
雅婷：已經清掉很多了，那區是安安的。
小C：旁邊那個壁癌也太誇張，根本是裝置藝術了⋯⋯，妳們怎麼可以撐這麼久？
雅婷：妳知道可以養寵物的房子有多難找嗎？
敘事者：不是偏僻，就是破舊，不然就是很貴。在那個短短的時間縫隙中，每次看到標示「可寵」的房子，她就會大聲歡呼。有過一個絕望的晚上，她們倒了酒，坐在沙發兩側滑手機，找到可以養寵物的房子的人，就可以喝一杯 shot。
雅婷：那時候趕著搬家，這間是最好的。
小C：妳哪一次不是趕著搬家？

雅婷用力拉開透明封箱膠帶，發出尖銳的聲音。

小C：新家可以養寵物嗎？

雅婷：貓可以，狗不行。

安安穿著睡衣走出來，衣衫不整。

小C：哈囉。

安安臉色一變，衝回房間，摔門。

小C：她幹嘛！

雅婷拿起手機，很用力地傳訊息。回訊，她又傳，回訊，又傳，一切以很快速的節奏進行。

敘事者：這是雅婷，剛剛進去的是安安，雅婷跟安安交往七年，租住在這間頂樓加蓋的公寓。七年，感情跟生活都面臨岔路，現在她們準備搬家，明天就是農曆七月鬼門開，也就是說，搬家公司在這段期間非常忙碌。再過幾個小時，搬家卡車就會抵達樓下。

小C：欸！

敘事者：雅婷找來幾個朋友幫忙，這是小C，雅婷的前、前、前、前女友。她們曾經在大學時期短暫地交往過，後來維持平和的朋友關係。雖然對另一半來說，所有的前女友都很討厭，但小C絕對是安安最討厭的那一個。

小C：欸！

雅婷：等一下！在忙！

小C拿出手機傳訊。雅婷收到訊息，抬頭看她。

小C：我只是想問我現在……

雅婷低頭回傳。小C去拿紙箱。

小C：那個……

雅婷頭也不抬，從旁邊的雜物堆摸出一卷透明膠帶，敘事者接過膠帶，遞給小C，小C黏紙箱。手機打字的速度跟不上，雅婷改傳語音訊息。隔了幾秒，房內傳出大叫聲。

小C：她還好嗎？

雅婷：沒事了，叫完就會出來。

小C準備收拾桌上的雜物。

雅婷：桌上的東西都不要動，她弄到一半，讓她自己收。其他請隨意包，這半我的，那半她的，裝箱好往兩邊放就可以。

房內有各種聲響。

小C：要去看一下嗎？

雅婷：找不到衣服而已。

小C：安安總是不讓人失望，一直這麼做自己。

雅婷：我今天不想吵架。

開門聲。安安一邊穿衣服一邊走出來，敘事者幫她整理服裝。

小Ｃ：（對安安）早安！

安安：我以為只有 Amy 要來。

雅婷：小Ｃ一早就來幫忙了，剛剛膠帶用完了，我們出去買。多一個人動作比較快。

安安：太擠了。

雅婷：有多拿箱子回來，妳需要嗎？

安安：沒關係。

雅婷：妳這樣弄得完嗎？

安安：弄不完就丟掉。

雅婷：反正就先裝起來，到新家可以再分類。

安安：妳們不要動我東西，我自己弄。

雅婷：妳會不會餓？我想叫 Uber Eats，就剩一點收尾，邊吃邊收呢？

安安不講話，從紙箱裡撈出電鍋。

雅婷：不要插在延長線上，會跳電！

敘事者：這是一棟屋齡五十年的舊公寓。她們租的頂加是一房一廳，坪數大約十八坪，月租一萬五，在她們租住的七年間，房租曾經調漲過兩次。也想過要搬家，但是搬家，實在太麻煩了。

敘事者從懷裡拿出饅頭遞給安安。安安接過，抱著電鍋往房間走，電線拖在地上像長長的尾巴。

敘事者：她們每年都有過遲疑，每年還是勉為其難地續約了。起初都好好的，但房子漸漸地老了，先是抽油煙機壞掉，再來是熱水器。今年寒流來的時候，她們輪流燒開水擦身體，然後每面牆壁都延伸出壁癌，像是被按下加速鍵，她們房間角落的壁癌茂密如流蘇。就是在那個瞬間，有什麼斷裂了，她們知道，需要做一點改變。

小C手機訊息響。

小C：Amy在附近了，我去找她，順便買吃的給妳們。

雅婷：叫Uber Eats就好啊！

小C：不要，到時候妳又叫我去一樓開門，我不想再爬五樓。（氣音）我不想跟妳們單獨待在這裡。

雅婷：好啦，幫我買熱拿鐵，大杯的……兩杯。

小C開大門走掉。安安走出來。幫地上的貓碗換水、加飼料，敘事者蹲在旁邊認真看。

雅婷：饅頭不知道放多久了，還能吃嗎？

安安：冷凍的東西不會壞。

雅婷：哪有東西不會壞。

安安：妳說得對。

手機響。

安安：房東！

雅婷：她也太早到！

兩人還沒有去開門，門就被打開了。

安安：為什麼她爬樓梯這麼快！根本恐怖片！

雅婷：蘇老師，妳又自己開門進來啊？

房東：我想說妳們可能在忙，怕麻煩妳們！

安安：妳這樣比較麻煩。

房東：哈哈，陳小姐妳真的很直率欸。

雅婷：我們不是約中午之後嗎？

房東：我想說我在附近，沒事，就先過來看一下。

雅婷：可是我們還在打包，這樣沒辦法點交。

房東：沒關係啦！

安安：有關係欸！

房東：真的不要客氣，沒關係啦！

敘事者：蘇老師是房東一家人的代表，他們家在臺北擁有多處房地產。如同一般上班族期待每年薪水調漲，房東一家也期待著一年一度可以調漲房租的日子，以達到他們理想的生活狀態。蘇老師的另一個堅持，是一定要尊稱她為老師，就連在餐廳訂位，她都會明確地讓對方知道這個需求。她最喜歡的事情，就是窺看房客們的客廳，如果能看到房間那是再好不過。

雅婷：蘇老師，可不可以請妳晚一點再過來？現在還在忙。

房東：我是在思考、考慮，以這個，我的房子的狀況這麼好，押金可能不能全退喔。

安安：我聽不懂妳在說什麼。

房東：我是覺得，還是要點交一下啦，也不可能說無緣無故就退兩個月押金啊。

安安：我們不是說好今天清空、明天中午點交嗎？然後押金本來就是要還的。

房東：妳看妳們住了七年，我幫妳們換多少東西，洗衣機、抽油煙機，還有浴室修理、頂樓漏水，花了十幾萬，押金是要補貼我們房東的。

安安：這是妳的房子，妳本來就要修。

雅婷：蘇老師，這件事我們在群組已經討論過了，房屋本來就會有正常使用痕跡，會舊，東西會壞，這都很合理。

房東：我不是一個愛計較的人，但是之前修那個浴室，花了好幾萬，到現在都還沒有找到漏水的地方，這樣怎麼算？

安安：房東的房子漏水，讓房客無法正常使用，正常來說，是妳該退租金。

房東：這點我也在群組算給妳們看過了，根據行政院衛生署國民健康局網站，正常成人每天有四到八次排尿次數，而排便次數約為一到兩次。若以排尿八次計算，每次排尿時間為三分鐘，排便兩次，每次排便三到五分鐘，一天有三十到三十四分鐘需要使用浴室的馬桶。目前有兩位房客，故一天對馬桶之需求計為六十八分鐘。每天房租以七百元計算，除以一天二十四小時，再除以一小時六十分鐘，再乘以六十八，等於三十三元。都已經讓妳們每天扣三十三元了，沒必要繼續講馬桶的事。

安安正要反應，雅婷示意安安閉嘴。

雅婷：我們其實有很多東西沒跟你們算，像是冷氣。這裡夏天根本是地獄，我們自己裝了兩臺冷氣，也會留下來給之後的房客。

房東：我沒有要，妳們可以拆走啊！

雅婷氣結，一時不知道說什麼，敘事者去拍她的背讓她放鬆。

安安：蘇老師，妳為人師表，可不可以講點道理。

房東：不可理喻！怎麼跟長輩這樣講話！

安安：我一直有好好講話，我們住的這七年，從沒有遲交過房租。可以的話，東西也都自己修，盡量不麻煩你們，現在我們要搬走了，要跟妳計較的話計較不完。先前好不容易確認時間，你們希望我們盡快搬，我們很忙，也想辦法盡快搬了，只是要跟妳拿回基本的押金而已。

房東：那妳們繼續住啊。

安安：你們在群組裡逼我們趕快搬的。

房東：那是我弟弟不懂事！我很喜歡妳們，希望妳們繼續住。

安安：怎麼會，去年妳不是在群組裡說同志會亡國。

房東：同志亡國不干妳們的事！

安安：我們是同志啊！

房東：哎呦，不要亂講話！妳們不是啦！

安安：我們是。

房東：（停頓）不要讓別人知道就好，妳們就繼續住，押金就放著，我回去勸我弟。

安安：來不及了。

沉默。

雅婷：蘇老師，我們還要打包，時間有點趕，麻煩妳先離開，搬家公司下午就來了。

房東：就給他們一點車馬費，打發他們一下。

沉默。

房東：妳們就跟我女兒一樣，繼續住，不要怕。

房東趨前拉雅婷的手，安安把房東的手拿開。

安安：我們不想住護家盟的房子。

房東：別亂講話！我才不是護家盟！

安安：差不多。

敘事者：他們全家都有去參加護家盟的遊行。

雅婷：我們正在忙，可以請妳晚點再過來嗎？

安安：記得帶押金。

房東：這個……我還要跟家人討論……

安安：我們還要忙，麻煩妳回來的時候帶著押金。

房東打量屋內，沒有打算走。

安安：妳有沒有聽過一個說法，同性戀會傳染？

房東：蛤！

安安：不然妳想，為什麼臺北人都要戴口罩？同性戀多啊！如果待在室內空間，空氣不流通，傳染率更高。

房東後退，轉身，敘事者開門，房東奪門而出。

架上只剩一小堆物件，書跟唱片，兩人分類書籍。

雅婷：黃碧雲的《無愛紀》？

安安：妳拿走吧。

雅婷：什麼意思？

安安：妳不是要寫小說？應該比我需要。

雅婷：夏宇的《備忘錄》……，網拍好像已經破萬了。

安安：妳這麼愛夏宇，給妳啊。

雅婷：是妳的。

安安：給妳啦。

雅婷：沒關係，妳的就妳的。

安安：謝謝。

雅婷：不客氣。

安安：還是算了……，不然這次算了……

雅婷：什麼意思？

安安：就跟以前一樣就好。

雅婷：妳可不可以試著說清楚一點？

安安：不然我們不要分手。

兩人沉默。

門鈴大響，雅婷拿起對講機。

雅婷：（對話筒）大門壞了，等我一下。

雅婷看向安安，安安沒說話。

雅婷：我去開。

安安緩慢地打包。

敘事者：七年期間，分手的話題提起過無數次，她們從一開始的大發雷霆、爭執哭吼，走到了平靜的狀態，一段關係裡可以遇上的風浪都遇過了。以物理學的方法來解釋，近年走到了一種等速度運動，平穩前進，偶爾摩擦力太大，沒有加速的契機，速度就減弱，最終趨向於停止。這次提的分手，其實有第三次跟第八次提分手的影子，又像是第十一次跟第七次的綜合體，人無法踏入相同的河兩次，分手也是，每一次的分手都有其他次分手的痕跡。就連第一次分手也是，那是你從小到大看的電影、偶像劇、漫畫的綜合體，語言無數次替你提詞，無限疊加。也就是說，在分手之路，你絕對、不可能、說出嶄新的句子。

敘事者走過去開門，雅婷、小C、Amy入。

雅婷遞咖啡給安安。

安安：Amy呢？

Amy：我在這裡。

安安：永和田馥甄，風暴降生，以處女座之名起誓的收納之王，要麻煩妳了。

Amy：沒問題，我不知道幫多少對分手的女同志搬過家。

敘事者：八對，加這次九對。

小C：欸！妳會不會講話！

Amy：我都幫妳搬過三次家了吧，妳哪次分手我不在場？還是大學的戀愛最棒了，又窮行李又少，用摩托車載個幾趟就好。

安安：我沒辦法跟前任當朋友。

Amy：我也沒辦法，是她天賦異稟。

小C：也不是每一任都能當朋友，我前任就立刻封鎖我好嗎！

Amy：還不是因為妳一直跟雅婷聯絡！

小C：妳聽誰講的？

Amy：拜託，這圈子那麼小，大家的共同朋友那麼多。

雅婷：是玩樂團那個女生嗎？為什麼？

小C：歐斯K、歐斯K（雙手比個T字）。

Amy：蛤，我們都知道妳是T啊，不要再裝不分了。T很珍貴，就好好當T。

小Ｃ：暫停暫停！要不要趕快包，東西還有好多。

安安：不意外啊，妳們一直密切聯絡，交往對象很難不在意吧。

雅婷：我們就是大學同學，有什麼好在意的。

安安：畢竟曾經交往過，也是要在意別人的感受嘛。

雅婷：交往過又不是什麼壞事，會交往就是對對方有好感，聊得來，後來不work才會分開，這樣不就證明當朋友比情人更適合嗎？因為分手就老死不相往來，這才奇怪吧。

Amy：我不行，分開的人對我來說就跟死了一樣。我的心臟承受不了整天在臉書看見這些人更新死訊。

雅婷：妳這樣真的很不健康。

Amy：妳才不健康！

小Ｃ：女生跟女生之間難道不能有純友誼嗎？

Amy：妳相信女生跟女生之間有純友誼嗎？

安安：我真的很想知道……，妳等我們分手等了很久了吧？

門鈴響。眾人動作停止了幾秒，安安去開門。

鄰居：可以請妳們不要奔跑嗎？

安安：陳先生，我們沒有人在奔跑。

鄰居：沒有嗎？

安安：沒有。

敘事者：陳先生，其實叫什麼都沒什麼差，他就是那種，以機率而言，每一棟公寓都會有一個的，神經質鄰居。陳先生會以各種型態，出現在你身邊。

鄰居：妳們是不是昨天半夜在釘釘子？

安安：我們為什麼要半夜釘釘子？

鄰居：是不是什麼東西掉下來？

安安：沒有東西掉下來。

鄰居：那為什麼要釘釘子？

安安：我們沒有東西掉下來，自然也沒有釘釘子。

鄰居：妳們的貓走路太大聲了。

安安正要接話，雅婷走上前。

停頓。

Amy：更正，外面是《華麗的冒險》，打開來是《還是會寂寞》。誰的？

兩人皆沒出聲。

Amy：我的天啊！這個狀態是一個哲學命題，到底我們，妳，跟妳，面對的，是「華麗的冒險」，還是「還是會寂寞」呢？沒人要回答這個是不是？葛來分多扣十分……。我懂了！還是這個裝法是精心設計的線索，妳們面臨了一場危機，必須要分開，否則世界會毀滅，或者是瑞士停的某一艘郵輪會被炸掉，如果我猜對了，不用回答，妳們眨眼睛，我就懂了。（停頓）（指著雅婷）眨了眨了！

雅婷：人活著就是會眨眼睛。

Amy：好寂寞，（唱）我寂寞寂寞就好……，沒人要是吧？那我把陳綺貞放一堆，張懸放一堆，黃小楨放一堆，妳們自己拿。這種無助感，我要窒息了。（左顧右盼）音響收了嗎？

安安：壞掉很久了。

雅婷：還不是妳說想換黑膠，選來選去，什麼都沒買。

安安：本來想省錢搬家用，後來要看醫生，很剛好啊。

Amy：哎呦，我每次失戀都在這裡喝到爛醉，每一寸土地都有我的眼淚，妳們要搬家我很捨不得欸。

雅婷：不只眼淚，妳還吐！

敘事者：至少兩次，還流進沙發縫隙裡。不過我才是吐界的專家。

安安：跟那個金融千金分手的那次，妳從沙發一路吐到廁所，妳這個人形蛞蝓！

Amy：影片妳刪掉沒！

雅婷：我會珍藏一輩子。

安安：我前陣子滑臉書還看到她的動態，好像要結婚了。

Amy：對象是男的還女的？

安安：我沒仔細看。

Amy：祝福啦，哪次不祝福。妳們不要搬啦，這個惡夢什麼時候結束嗚嗚嗚。

雅婷：還是妳接著住？房東還在找新房客。

Amy：沒有妳們，這裡就只是鬼屋好嗎！

安安：很好欸，這樣天天都很熱鬧，妳、永遠、不會是一個人。

Amy：這個話題必須停止！不然今天晚上要有人陪我睡！

雅婷：上次那個誰，沒有了？

Amy：聊不來，我覺得她只是喜歡我的肉體……，連妳們都分手，要我怎麼相信愛情。

雅婷：我現在不想討論這個話題。

安安：就是賞味期限到了。

Amy：（唱黃小楨〈賞味期限〉）你的東西已擺在SOGO，寄物箱十三在地下二樓，投進的二十元是送你最後的禮物……。來，後面的朋友，跟我一起！

雅婷、安安不理，接著收東西。

Amy一邊整理唱片，一邊唱出唱片裡的歌。

Amy：（唱張懸〈寶貝〉）我的寶貝，寶貝，給你一點甜甜，讓你今夜都好眠……（唱蘇打綠〈頻率〉）跳動的世界裡找你的頻率，靜止也不休息，抓住你的呼吸，我——再多說一句，猜你的回應……（唱陳綺貞〈太聰明〉）

我猜著你的心，要再一次確定，遙遠的距離都是因為太過聰明，要猜著你的心，要再一次確定，混亂的思緒都是因為太想靠近你……（唱回〈賞味期限〉）不想給自己見你的藉口，為一把破傘或任何理由，雖然我假扮成垃圾桶偷偷的等候……，原來我們不過是罐頭，過了期就不值得保留，但你也知道我從最初到最後……

敘事者從沙發底下找出一罐又一罐的貓罐頭，在旁邊慢慢堆出罐頭塔。

Amy：突然好想唱歌！還是先這樣，我們去唱歌，西門星聚點還是錢櫃？這個時間應該還有空包廂吧？妳們會想要有吃到飽的方案嗎？那個會有幽靈服務生走出來的是哪間？

雅婷：搬家公司要來了。

Amy：就取消嘛。

雅婷：不要玩了，真的包不完。

安安把 Amy 手上的膠帶拿過來，加速裝箱。

Amy：欸，妳們這次是真的喔？

安安：哪一次是假的？

Amy：戀愛不就真真假假，妳們為什麼要這麼認真？

猛烈門鈴聲響。

安安：還有誰要來？

雅婷：沒有了啊，小C有這麼快嗎？

Amy拿起對講機。

Amy：喂？喂？聽不清楚，我下去看看。

雅婷：我去。

雅婷開門下樓。

安安迅速把客廳清空。

Amy：妳們真的要分開住嗎？

安安：新租約都簽好了。

Amy：這只是形式上的事，簽歸簽，妳們太理智了，這樣下去就變真的。

安安：我們鬧起來的時候妳沒看到而已。

Amy：太替對方著想的結果，就是一直在鋪不存在的路，才會愈走愈遠。其實沒必要，戀愛有時候要霸氣。妳知道的，霸道女總裁，壁咚留著小祕書。

安安：我突然想到，我衣櫃裡的東西都還沒收。

安安往裡面走。

Amy：要不要幫忙？

安安：很快。

雅婷跟媽媽進門，敘事者嚇到連連後退。

Amy：黃媽媽！

雅婷：Amy，之前妳見過一次。

媽媽：怎麼會不記得！律師嘛！那個跟妳一起住的朋友呢？

雅婷：媽，妳不要每次都裝傻。記得嗎？吃年夜飯的時候跟大家說過了，她是我女朋友。妳還拿鹽巴灑我，妳都忘記了喔？

媽媽：不要這樣說，妳們就是交朋友。

Amy：有！雅婷人緣很好，她交過很多朋友。

雅婷用力拍Amy。

雅婷：安安呢？

Amy：她在房間收衣服。

雅婷：（往裡喊）安安，我媽來了。

安安拖了兩大袋黑色塑膠袋出來。

Amy：這什麼？

安安：這袋上半身，這袋下半身。

媽媽：怎麼頭髮又剪這麼短？

雅婷：妳來幹嘛？不是跟妳說了我要搬家。爸呢？

媽媽：去內湖抓寶可夢。我知道妳要搬家，來看看有沒有什麼要幫忙的……，好久沒來妳家，爬一爬實在有點喘。

雅婷：我家只比妳家多一層。

媽媽：妳這棟感覺比較高。

雅婷：東西都弄到一半，我沒辦法招呼妳。

媽媽：我想喝茶。

雅婷：熱水壺已經清空了。

安安：我的熱拿鐵還沒喝，給妳。

媽媽：我不能攝取太多咖啡因，我要喝茶。

雅婷：好，我去弄，妳喝完趕快回家。

媽媽尾隨雅婷往廚房走。

房東敲敲門，自己開門進來。

安安：蘇老師來退押金嗎？

房東：不是，妳們怎麼講不聽，就說押金要補貼我們的。

Amy：房東太太，妳這樣說不對，除非房子有損壞，押金要在租約期滿時返還。

房東開視訊。

房東：我現在到房客這邊了，她們說要把押金拿回去！

混亂背景人聲。

視訊男聲：沒有錢！跟她說沒有錢！

敘事者晃來晃去，對鏡頭招手。

視訊男聲：後面白白的是什麼？

敘事者：這是房東她弟，房租他們姊弟平分。

房東：房子到處都有損壞，我換了很多電器，還修了漏水。
Amy：這部分是房東本來就要做的。
房東：沒有喔。
Amy：根據民法四百二十九條，出租人本來就有修繕義務。
視訊另一男聲：瞎扯！
敘事者：這是房東的兒子，快要三十歲但是從沒有工作過。
房東：妳哪來的，在這裡亂講話，什麼民法幾百條的，妳懂什麼？
Amy：我是律師。

停頓。

房東：我是老師！妳要叫我蘇老師！
Amy：蘇老師，做人要講道理。

雅婷跟媽媽走出來，媽媽手上多一杯熱茶。
房東拿出手機，開視訊。

安安：今天的用水用電妳覺得多少才夠？直接扣掉就好。

房東：我要清點妳們的損害，才能決定要不要退。

Amy：這不是妳決定的，法律規定退租點交好現況，費用都清算完成後，就是要退押金。

房東：沒有這種事！

安安：好，那法院見了。

房東：沒關係，我很有空！

安安：我知道你們全家都很有空。

房東：現在年輕人真的很不知感恩，妳們兩個女生一起住，鄰居也覺得奇怪來問我，我沒跟妳們這些奇奇怪怪的人計較，妳們還不懂我的忍耐，在這邊含血噴人。

Amy：蘇老師，請妳說話要講點道理，我們現在就事論事，不要再生事端，今天就把房屋點交好。

房東：嘖，遇到髒東西。

媽媽放下筷子，起身，用手沾熱茶，灑在房東身上。房東正準備回嘴，媽媽大口深呼吸。

媽媽：（唱）奇異恩典，何等甘甜，我罪已得赦免；前我失喪，今被尋回，瞎眼今得看見。

房東一邊移動，媽媽邊唱邊跟上灑茶。

房東：這什麼！妳噴什麼！

媽媽：淨化妳。

房東：妳神經病啊！

Amy：蘇老師，我剛剛不小心按到錄音，妳這句話是毀謗。

安安：那一起告。

房東：我看在妳們是年輕人，都沒跟妳們計較……，妳們這樣，含血噴人！

房東手上的手機持續有吵鬧聲。

房東：（對手機）回家再說啦！

雅婷：是，我是，不是約好下午一點嗎……？我們還沒好……，那我們盡快……

雅婷掛斷電話。

雅婷：搬家公司的車到了。還剩多少？

安安：差不多了。包不完的，就丟掉好了。

Amy：門鈴還沒修好，對吧？我去開門。

Amy 開門下樓。

安安：真的要分開住嗎？

雅婷：租約都簽了。

安安：也是。

沉默。

媽媽：妳們這種交朋友，就是要好聚好散啦、好聚好散。

雅婷：我們交往七年了，妳什麼時候才要接受她是我女朋友？

安安：沒關係啦。

媽媽點開手機影片，繼續吃飯。敘事者把媽媽的茶杯撥掉。

媽媽：（驚嚇）杯子自己掉的！

雅婷：怎麼可能。

媽媽：這房子可能鬧鬼！阿彌陀佛、阿彌陀佛！

雅婷：妳真的很荒謬……

安安過去收拾。

安安：都不要動，碎片。

安安找出濕紙巾擦地。

敘事者坐在桌邊。

媽媽手機響。

媽媽：抓完了喔……，不用不用……，我坐計程車去……

媽媽迅速收拾便當跟餐具，跟雅婷比劃，一邊講電話一邊走出門。兩人目送她離去。

安安不說話，繼續擦地。

雅婷：現在就不用擔心棉花糖踩到了。

安安：我再買一個給妳。

雅婷：東京買的對杯，一個被棉花糖打破，現在這個也沒了。

兩人沉默。

安安：Amy 怎麼那麼久？

停頓。

雅婷：貓碗我收起來，水碗給妳。

安安：這麼公平。

雅婷：還是都給妳。

安安：沒關係，這樣很好。那罐頭我就送給附近餵貓的女生？……沒想到在這裡住了七年，剛開始明明說暫時這樣，繼續找可以養貓的房子，邊住邊看，結果一口氣就爬了七年的樓梯，再住下去膝蓋軟骨都要磨光了。七年欸，糖糖都可以上小學了。

她們把貓碗水碗包好，罐頭塔收進袋子。

雅婷：妳還會養新的貓嗎？

安安：我不知道，暫時沒有辦法吧。

雅婷：我也是。

兩人沉默。

Amy 開門。

Amy：樓下那個網拍趕出貨，宅配的車堵住了，搬家公司進不來，我請他們先去外面繞幾圈，好了再打給他們。

雅婷：好。

Amy：還有哪邊要包嗎？

雅婷：啊！電鍋跟熱水壺，放進 IKEA 袋子就好。

Amy：我來。

Amy 往後走，看見被挪開的空地。

Amy：這什麼！

安安：是一個，已經變成化石的，隱密的貓吐。

雅婷：妳是在思考要不要打包嗎？

安安：想了一秒。

雅婷從包包撈出濕紙巾遞給安安。兩人做餘下的收尾，客廳至此打包完成。敘事者走到空無一物的客廳角落，做出撥沙的動作。

安安：床妳真的不要嗎？

雅婷：雙人床太大了，放進去房間就滿了，妳拿去吧。

安安：恭喜妳欸，終於有自己的房間了，要好好寫。

雅婷：謝謝妳一直以來的照顧。

安安：妳照顧我比較多，以後妳就自由自在，沒有包袱了。

雅婷：妳不是我的包袱……

安安：我開玩笑的。

雅婷：到現在我都不知道這樣對不對……，為了從家裡搬出來，我永遠在跟交往對象同居，到後來已經搞不清楚，我是想要跟女朋友住，還是因為想要有人一起住才交女朋友的。不是妳的問題，妳有一些不好，大多時候都很好，我就是累了。

安安：我不是那個意思，我的意思是……女人要寫作，就是要有自己的房間嘛，這樣很好。早知道那時候就租另外一間了，那間有兩房，房租也沒有差

Amy下樓。
兩人繼續收拾。

安安：臺灣連續劇實在很不寫實，明明有那麼多人住在長壁癌的公寓裡，從來沒有一部戲出現過壁癌。
雅婷：也沒有偶像劇出現過同性戀主角啊。
安安：但是女主角都會有一個男同志朋友。
雅婷：只有一個扣打，用完就沒有了，這個比例不對。
安安：等妳寫啊。
雅婷：到時候妳就來幫我賣版權。
安安：一定。
雅婷：結果一直沒有去歐洲坐臥鋪火車，那些餐廳不知道還在不在。
安安：沒辦法，棉花糖每天都要打皮下，住院的話牠又不願意吃東西。
雅婷：貓咪沒健保真的好貴。我之前還夢到去年的存款餘額，快醒來的時候，竟然停在那個數字上面特寫，好可怕，史上最可怕。
安安：我記得妳挖存錢筒還割到手，流了好多血……，有件事要老實跟妳說，我其實有去拜拜，求了香火袋壓在牠的水碗下面。

雅婷：我知道。妳去拜拜都會買乖乖當供品，妳可以跟我講啊……，我也沒有再去教會了，妳可以做讓妳舒服的事。

安安：嗯，只是不知道怎麼說。

雅婷：冰箱！

安安呆立在客廳，盯著天花板看。敘事者坐在沙發邊，也盯著天花板看。

雅婷拿著密封盒出來。

雅婷：這個，幫妳另外收起來好嗎？新的冰箱應該放得下？

安安：丟掉好了。

雅婷：不要啦。

安安：沒關係，可以丟了。

雅婷：不然我們找一天把它煮起來吃掉。

安安：已經不能吃了。

雅婷：冷凍的東西不會壞啦……

安安：東西都會壞。

雅婷：妳媽有教我包過一次，下次我也來包包看。

安安：我突然覺得，搬家沒有很難，捨得丟掉一些東西就好，人要往前進，就是要練習丟掉一些東西。

雅婷：我不是要丟掉妳。

安安：我們還沒去過晴空塔，還有好多事情沒有一起做過，但就是這樣，我們必須記住那些做過的事跟去過的地方。

雅婷：不要講得像是永遠不會見面一樣。

安安：見面也不會一樣了，我們都要往前走。為了活下去，我想要以後只顧及自己就好。我覺得好累，我不想再照顧人了，想要可以倒在地上，只有我，跟我自己，不會再有莫名其妙的罪惡感。

雅婷：妳是打算再也不理我了嗎？

安安：會回貼圖吧。

雅婷：我一直在反省，如果早一點跟我爸媽講，把事情都談開，不要一路到現在，拖到妳媽走，拖到棉花糖走，會不會事情就不一樣？

LINE 訊息聲。

安安：（拿手機起來看）車應該快到了。

雅婷：好像大家都過橋了，只有我在懸崖這邊，可是我就真的很怕，我真的很討厭衝突。我為什麼一定要跟家裡出櫃啊？

安安：不用，這沒有一定要。

雅婷：我也很討厭我媽對我的態度，更討厭她對妳的態度，可是說出來之後，我們家是不是就不會像以前一樣了？我很不擅長照顧人，我之前很努力很努力在照顧妳了，就是做不好，做不好我其實在跟自己發脾氣。一直都是妳在包容我，為什麼反過來我就做不到？我覺得好累，我做不到，想要回到去年之前的樣子，可是我不知道說實話妳是不是就不會喜歡我了？

安安：妳可以說，我們可以溝通看看。我不知道妳不知道可以說實話就好，說實話總是會比較好的。

雅婷：我不想犯錯。

安安：又不是什麼養成遊戲，人就是會犯錯，至少我們是用真身在談戀愛，會受傷才算戀愛吧。

雅婷：我覺得我已經犯太多錯了。

安安：我想拜託妳一件事，不管妳之後會遇到什麼樣的人，會變成什麼樣的人，但是妳可不可以，練習把自己的感覺說出來？吵架的時候我都覺得很恐慌，為什麼妳看起來沒事的時候其實在忍耐，看起來沒事的時候其實是累到不行，或是，看起來還在愛我的時候心已經不在了。妳真的有愛過我嗎？

雅婷手機響起，她拿起來按掉。

雅婷：妳這句話讓我覺得很悲哀，實在太悲哀了……，我好像已經把身上的每一個口袋都掏空了，還是不夠。好悲哀又好好笑，聽到這句話的人應該要哭比較好，還是笑比較好？這七年，已經用盡全力了，很努力，很卑微地，想要去愛一個人。我已經弄不太清楚，是我有問題，妳有問題，喔對，也可能是我們都有問題。我知道了，是弄錯貨幣了對不對？我換了滿手錢，可是不是妳那邊流通的那種。我做什麼都不對。

安安：妳沒有錯，可能是，我們都太努力了。我很哀傷，每天都不想面對這件事，但是前幾天在打包的一個瞬間，我突然覺得好輕鬆。那個書櫃，我們在裝其中一個層板的時候，怎樣都裝不好對不對？但是換一個卡榫，就突然都對了。明明看起來都一樣，就是哪裡不對了。

搬家公司的人上來。

搬家師傅：哪些要搬？

無人回應。

搬家師傅：哈囉，要搬哪些？

雅婷：這一區是第一車，先搬這些，地址等下傳 LINE 給你。

搬家師傅：好。

師傅移動箱子。

搬家師傅：我光跟妳傳 LINE 就知道，妳們這種人齁……

"In a real dark night of the soul, it is always three o'clock in the morning, day after day."

——F. Scott Fitzgerald

「在靈魂的漫漫長夜，時時刻刻都是凌晨三點，日復一日。」

── 史考特・費茲傑羅

末班車
開往
凌晨三點

角色

春嬌
婉君
家明
志明

▼舞臺：四面式舞臺，觀眾席環繞舞臺四周。
強烈的燈光打在舞臺上，舞臺上散落大量的椅子、一張附輪長桌、一輛賣場購物推車、雨衣、雨傘，還有碗、盤、杯、瓶等雜物。舞臺兩側有門，但門框被雜物堆成的拒馬擋死了。

家明：今天快要結束了，明天會不歡而散。如果還有明天，如果當時多說一句，今天會不會不一樣？我想撥通電話給他，但是我的手機在一小時前掉了，我找不到投幣電話亭。這是一座會吃人的城市，他們還說，整座城市都是你的咖啡館。我沒有辦法打電話給任何人，沒有人可以跟我說話，幸好我還可以邊走邊說話。我說得很大聲，沒有人在意……，現在的人已經不在意任何事了。

志明：整座城市，都是你的……

家明：聽到消息的時候，我覺得很絕望，我對著電話大吼，然後是長長的沉默。我想起一部電影裡的情節，我們曾經看過的其中一部。我學著張國榮的語氣說：「不如這樣，讓我們從頭來過……」電話被掛掉了。

婉君：可是，我們回不去了。
家明：重點是，要相信自己，重點是口氣。我希望你幸福快樂。

志明單膝跪下。

志明：我希望能和妳組織一個家庭，婉君，妳願意嫁給我嗎？
婉君：志明，這太突然了。
志明：婉君，妳願意嫁給我嗎？妳只需要回答願不願意。
家明：我希望你幸福快樂。

停頓。

春嬌：世界末日的前一天，世界對妳已讀不回。
家明：世界末日的前一天，宜嫁娶、祭祀、修飾，忌探病、蓋屋、動土。
春嬌：末日，意思是最後一日。末日的前一天，我只記得醫院裡的人非常多，電梯前端排出了長長的隊伍。後來有人跟我說，那天諸事不宜……，我不知道，我從來不看黃曆的，以後也不需要。總之，希望今天是好日子。人家都這樣選了，這天想必是好日子。這天很重要，這是你在世界的最後一天，這是你的身體在世界的最後一天。

婉君：有些話常常被濫用，例如「我愛妳」，例如「對不起」，例如「沒關係」。可是，我還是要說，我們回不去了。

家明：人跟動物的差別是什麼？動物不想明天，有的人沒有明天。

婉君：不在乎天長地久，只在乎曾經擁有。

志明：有人告訴我，人有三魂七魄，活著的時候魂魄集於一身，死後離散。

婉君：然後我們就各自離散。

志明：然後我們就各自離散。

志明與婉君牽手向前走，家明與春嬌迅速將散落的椅子排列整齊，為志明、婉君清出一條走道。志明、婉君如同置身婚宴會場，對假想的群眾微笑。

家明：婚禮現場人很多，席開八十桌。從收到喜帖的那天，我就把喜帖隨身攜帶，上面寫著我男朋友的名字……，前男友。我把他的名字從喜帖上剪下來，放在霞海城隍廟求的紅線旁邊。凡事總有個先來後到吧，可能月老忘記了。我在便利商店領了錢，買了三十塊一包的香水紅包袋。我想了很久，在袋子上寫：「金童玉女，天作之合。」

春嬌：我知道這天遲早會來，我只是想，至少不會是明天。

家明：紅包也是有城鄉差距的，我不知道要包多少，少了怕失禮，多了怕惹人懷疑。我上網查詢「紅包／金額／包法」，依照所在城市、飯店的等級、交情的深淺，每個人都可以輕易在表格上找到對應的金額。除此之外，也要考慮對方回包的空間。我在表格上，找不到自己應該對應的位置，新郎的前男友到底應該包多少錢呢？我包了六千六，不是六千，我不需要回包。

志明與婉君走近長桌，春嬌與家明在走道兩側拉砲、鼓掌、灑花。接著，春嬌與家明在舞臺雜物堆中尋找杯盤，將杯盤擺放於長桌及地上。

家明入座，春嬌入座，志明、婉君入座。

春嬌：最後，我想獻上最深的祝福，期待他們在生活的旅途中攜手同行。衷心祝福我的朋友，一帆風順，雙喜臨門，三陽開泰，四季發財，五福同壽，六六大順，七星高照，八面玲瓏，九九升官，十全十美，祝你們早生貴子！

春嬌舉杯敬酒，志明、婉君攜手站起，舉杯回敬。

燈暗。

眾人：（齊聲）祝你們早生貴子。

家明：祝你……早生貴子。

燈亮。

志明、婉君仍然站著。

春嬌跪下。

鈴響。

家明：（臺語）恁等下把金童玉女拿去外面燒。

志明、婉君坐進購物車，春嬌推車往外走。志明、婉君在舞臺外圍慢慢清出一圈可以行走的路徑。春嬌走回來。家明遞給春嬌一把椅子，春嬌接過，放去他處，動作重複數次。

鈴響。

家明：跪——

春嬌跪下。

鈴響。

家明：如是我聞。一時佛在忉利天，為母說法。爾時十方無量世界，不可說不可說一切諸佛，及大菩薩摩訶薩，皆來集會。讚歎釋迦牟尼佛，能於五濁惡世，現不可思議大智慧神通之力，調伏剛強眾生，知苦樂法，各遣侍者，問訊世尊。

停頓。

家明：復有他方國土，及娑婆世界，海神、江神、河神、樹神、山神、地神、川澤神、苗稼神、晝神、夜神、空神、天神、飲食神、草木神，如是等神，皆來集會。復有他方國土，及娑婆世界，諸大鬼王。所謂：惡目鬼王、噉血鬼王、噉精氣鬼王、噉胎卵鬼王、行病鬼王、攝毒鬼王、慈心鬼王、福利鬼王、大愛敬鬼王，如是等鬼王，皆來集會。爾時釋迦牟尼佛、告文殊師利法王子菩薩摩訶薩：汝觀是一切諸佛菩薩及天龍鬼神，此世界、他世界，此國土、他國土，如是今來集會到忉利天者，汝知數不？

停頓。

家明：若有善男子、善女人，或彩畫形像，或土石膠漆，金銀銅鐵，作此菩薩，一瞻一禮者，是人百返生於三十三天，永不墮於惡道。假如天福盡故，下生人間，猶為國王，不失大利。若有女人，厭女人身，盡心供養地藏菩薩畫像，及土石膠漆銅鐵等像，如是日日不退，常以華香、飲食、衣服、繒綵、幢旛、錢、寶物等供養。是善女人，盡此一報女身，百千萬劫，更不生有女人世界，何況復受。除非慈願力故，要受女身，度脫眾生，承斯供養地藏力故，及功德力，百千萬劫不受女身。

鈴響。

家明對春嬌招招手，春嬌起身。家明遞給春嬌一把椅子，春嬌接過，放去他處，動作重複數次。

家明：（臺語）拜——再拜——再拜——

春嬌：你在這裡嗎？

家明拿起杯筊，丟在地上。

志明、婉君開始低聲誦經，直到擲筊結束。

家明：（臺語）笑筊……

家明撿回杯筊，丟在地上。

家明：（臺語）笑筊……

家明撿回杯筊，丟在地上。

家明：（臺語）笑筊……

家明撿回杯筊，丟在地上。

家明：（臺語）聖筊……

春嬌：你有沒有吃飽？

家明拿起杯筊，丟在地上。

家明：（臺語）笑筊……

家明撿回杯筊，丟在地上。

家明：（臺語）笑筊……

家明撿回杯筊，丟在地上。

家明：（臺語）笑筊……

家明撿回杯筊，丟在地上。

家明：（臺語）聖筊……，（停頓）你講卡慢欸！

春嬌：菜色喜不喜歡？

家明拿起杯筊，丟在地上。

家明：（臺語）笑筊……

家明撿回杯筊，丟在地上。

家明：（臺語）笑筊……

家明撿回杯筊，丟在地上。

家明：（臺語）笑筊……

家明撿回杯筊，丟在地上。

家明：（臺語）聖筊……

春嬌：東西有沒有收到？

家明：（臺語）笑筊……笑筊……笑筊……聖筊。（停頓）哪會遮濟笑筊，後生來啊沒？

沉默。

春嬌：你一直笑，我怎麼知道你的意思？

停頓。

春嬌：你有沒有聽懂我的問題？師公說得那麼快，你有沒有跟上大家……？別再東看西看了，每次坐遊覽車跟團出去玩，你都是差點脫隊被丟包的那個，阿爸，你有沒有聽到我說話？

停頓。

春嬌：最開始有人叫我拿出兩個十元，我找了好久，我的側背包破了一個洞，帆布的夾層裡面剛好還有一個十元，我找得滿頭大汗，終於找出兩個十元。如果我沒有零錢呢？如果我只有五十元，如果我只有一個五元跟一個一元，如果我只有一個十元，而且在剛剛投飲料的時候用掉了，那你要怎麼告訴我？

停頓。

春嬌：我怎麼確定你的三魂七魄有沒有都在這裡？

家明：（臺語）來！行！

鈴響。

家明緩慢繞著舞臺走，眾人跟在後方。眾人步行的節奏隨著家明忽快忽慢。

家明：（臺語）子孫敢有代代出狀元？

眾人：（臺語）有喔。

鈴響。

家明：（臺語）子孫敢有代代駛賓士？

眾人：（臺語）有喔。

鈴響。

家明：（臺語）子孫甘有代代做大官？

眾人：（臺語）有喔。

鈴響。

家明：（臺語）子孫敢有代代攏有孝？

眾人：（臺語）有喔。

鈴響。

家明：（臺語）子孫敢有代代……

停頓。

家明：（臺語）後生無來呢？無人捀斗？

沉默。

燈暗。

燈亮。

婉君：有人的生命正在消逝，但你無能為力。每個人都聽說了一種不同的說法，我不確定實際執行的地點在哪裡，我只知道，我不想錯過戰場。我不想看著我的朋友流血，而我不在我應該在的地方。整個晚上，我們只能不停地走。

家明、志明、春嬌在雜物中尋找輕便雨衣，眾人將雨衣遞給婉君，婉君穿上雨衣。

婉君：我看見水車從遠方開過來，我知道就是今天。水車不只是車，它是水砲，水車是由德國 Mercedes-Benz 公司製造的，水車其實是一種賓士。遠方傳來躁動聲，凌晨三點，我們以為天就要亮了。

志明：God Hates Fags！上帝討厭同志！

春嬌：這天很重要，這是你在世界的最後一天，這是你的身體在世界的最後一天。

婉君：這個國家今天沒有好消息*，我聽見遠方的躁動聲，柏油路上有暗紅色的腳印，我期待有人站出來擋在那隻巨獸之前，我不希望有任何人被碾過去。我知道就是今天，我希望明天我們還是一個國家。

家明：我希望明天我還能夠說，我們。

志明推動購物車，將排列整齊的椅子撞倒，即使動彈不得，即使發出巨大的聲響，也要努力往前推進。

家明：我昨晚參加了一場婚禮，包了一個厚厚的紅包，婚禮還沒結束我就走了。走在路上，我看見這個國家最高的建築，建築的尖端被包圍，那些雲啊，那些霧啊，遮住了建築頂端的樓層。看不到，但你知道它們都在。

婉君：我們都像是被切除的手臂，原本的身體繼續前進，我們被留在原地壞死，身體會感覺到手臂的疼痛嗎？已經離開的人，已經脫離的土地，不被他人承認的國家，這些疼痛是被幻想出來的嗎？

春嬌：汝觀是一切諸佛菩薩及天龍鬼神，此世界、他世界，此國土、他國土。

（停頓）他的國家不是你的國家，我的國家不是你的國家。

志明：God Hates Fags！上帝憎恨你！斷開魂結，斷開鎖鏈，你必須斷開一切的牽連。

春嬌：生活是一場惡水。

家明：生活是一場惡水，那場婚禮席開八十桌，我坐在離舞臺最遠的地方，那不重要，從頭到尾，我只等著新郎新娘來敬酒⋯⋯。他會牽著別人的手，我想看著他的眼睛。生活是一場惡水，我只想跟愛的人一起過橋，一起到達彼岸，如果有的話。

志明：你們有病，願神恢復你們！

春嬌：死亡不過是一場慢性病。

沉默。

志明：旅客注意，旅客注意，本列車開往……本列車到站後不再提供載客服務，謝謝。

家明：世界末日的前一天，我的手錶停了。手錶停止的那個晚上，我打死了一隻蚊子。滿手鮮血，誰的血？我把耳朵靠上去，裡頭沒有聲音。蚊子的血沾到手錶的邊緣，空氣裡有血的味道。

婉君：有人的生命正在消失，但你無能為力，你只能想，下一個是不是自己。夜裡很悶熱，帳篷裡開始出現蚊子，至少沒有下雨。整條馬路上都是人，多到看不到柏油路面，蚊子好多，我失手打死一隻蚊子，空氣裡有血的味道。那天的最後，我們被逼進道路的底端，持槍的警察愈來愈靠近，兩旁的建築物大門緊閉，沒有人願意開門讓我們進去，沉默的，沉默的大多數。附近已經有人放聲大哭，往前看是密密麻麻的後腦勺，我的周圍應該有五、六百人。遠方的槍響聽起來像鞭炮，遠方已經有人倒下，遠方愈來愈靠近。一個個頹軟的身體，恢復成一塊又一塊的肉。我沒有哭，我只是在等。身邊的陌生人問我：「妳覺得下這個指令的人有靈魂嗎？」

沉默。

春嬌：死亡不過是一場慢性病，差別是過程。

家明：我有斷掌，曾經有人告訴我，我的掌紋像是地圖，到處是岔路。蚊子的血連同屍體黏在手上，留下一個小小的汙點。我將手清洗乾淨，這雙手像新的一樣，像剛剛從盒子拿出來，剛剛才組裝完成。然後我發現，手錶不動了。他們說，陀飛輪非常精細，不是每個製錶匠都可以組裝，陀飛輪通常包含擒縱輪、擒縱裝置、調速機構和擺輪，所有這些小巧而又複雜的零件都在不停轉動。製造過程的挑戰非常大，不容許犯錯。

婉君：你覺得我們看得到日出嗎？站在島嶼的盆地裡，能夠看得到日出嗎？

志明：那瞬間我分心了，空氣裡有血的味道。我想說的，其實很簡單，有些事情恆久不變：你往上跳，會往下掉；你想結婚，需要一男一女。你要去遠方，沒辦法獨自前行，需要有人送你一程。

家明：我無法容忍錯誤，包括犯錯的人。光盯著看，我就覺得噁心。昨天晚上，我的手錶停了。我感到憤怒。這是我最好的錶。有人告訴我，手錶是男人身分跟品位的象徵，你必須像一個男人，像一個正常的男人。如果我必須參加這場婚禮，我必須戴著這隻錶，即使它已經休克了。

志明：還有什麼比世界末日更優先呢？

春嬌：當然是截稿日。截稿日就是死線，死線就是截稿日。我在寫一本關於商業發展的書，某種專題報導式的，某種報導文學式的，某種潮流，某種趨勢。我以為我是自由的，但不斷有人干擾，想要引導我到某個方向。我很困惑，我問編輯：「『青天白日滿地紅』，重點到底是『青天白日』還是『滿地紅』呢？」編輯覺得可能是「滿地紅」，因為紅色的面積比較多。我說：「我明白了。」但只要不逼我畫上五顆星星，其實兩個答案我都能接受。

婉君：我看著遠方，我不斷流眼淚，有人被打得頭破血流，有人放聲大哭。我站在這個國家的土地上，我認不出我在哪個國家……。我以為自己在做夢，我請旁邊的人甩我一巴掌。這不是夢。

長沉默。

婉君：旁邊的大哥告訴我，他的房子被徵收了一半，只有一半，只挖掉了一半。他們不願意搬走，就讓政府來挖走那一半，然後住在剩下來的這一半。工程還在進行中，有天半夜，他父親起來上廁所，開了那道還存在的廁所門，踏進那一半已經不存在的房子。他父親也不存在了。

春嬌：如果你今天退讓了一步，之後對方就會逼你退一百步，直到退到底線，但是你會發現自己退無可退，到那個時候想前進，就來不及了。如果你是最軟的那一塊，那很抱歉，你就是會被踩到底……。抱歉，我好像離題了，我本來想談的是稿費，但其實，很多事情都是這樣的。

志明：末日來臨前我照常上班，在早晨擠進電梯，超載的警示聲響起，沒有人願意退出去。我的手肘旁邊有一團溫暖的肉。儘管是別人的肉，而且可能是不受本人歡迎的肉，那團肉讓我感覺溫暖。

婉君：我看過一部片，片中有人的手被砍掉了。不，我說的不是《神雕俠侶》，不，也不是《獨臂刀王》……，我要說的是，有人的手被砍掉了，被砍掉的手脫離了身體，長出了意志力跟行動力。手好自由，可以去任何想去的地方，手就是手，它不屬於身體。離開了的東西，如果長出自由意志，它就是自由的，對吧？不管是你的手、我的腳，從母親身體脫離的孩子，或者是，已經分開的土地。

春嬌：他們說，明天是世界末日。編輯傳了一個笑臉給我，提醒我還是要準時交稿。為了迎接地獄的烈火，我最近都仔細地擦乳液。

家明：他人即地獄，但這無法改變任何事。

婉君：但這無法改變任何事，我覺得沮喪。有人說，運動遲早是要失敗的，每個運動都注定是要失敗的，不是失敗，接著就會腐敗。我不相信。有人告訴我，每天對鏡子裡的自己說三個優點，再微小都可以。

志明：但我無法改變任何事情。

沉默。

婉君：上帝已死。

家明：真正的生活總是在他方，我回覆所有陌生的訊息。

志明：我是 Michael，有時候是 Leslie，但其實你最後會知道，我是志明。

家明：嗨，我是家明。

志明：我一直想說，你的眼睛很好看。

家明：你的線條很剛好。

志明：我喜歡你的襯衫。

家明：可以知道你的體脂肪多少嗎？

志明：你的二頭肌練得真好。

家明：你常常來這裡嗎？

志明：我該怎麼稱呼你？

家明：你在人多的地方是不是覺得特別寂寞？

志明：介意我躺下來說話嗎？

停頓。

婉君：但這無法改變任何事。

志明：下班之前，我習慣去頂樓放風，講一通電話。夕陽很美，無限好。我從沒有看過那樣的風景，我想抽菸，往口袋一摸才想起來，我已經戒菸了。剛開始交往的時候，他要我戒菸，他說這樣我可以活久一點，我們可以在一起久一點。

春嬌：我們最後一次說話是什麼時候？

家明：手錶停了，時間還是繼續走，反正時間都不是我的，上班族的時間是別人的。我喜歡躲在樓梯間抽菸，每天五次或六次。在樓梯間抽菸很好，那是被禁止的，在這樣的高樓，樓梯間竟然沒有煙霧感應器。往下看是一大片的鐵皮屋頂，淺綠色跟橘紅色，臺灣最美的風景。他在下班前會打電話來，確定晚上見面的地點，要吃什麼，或者直接來我家。但是電話沒有響，在該響的時間電話沒有響，那就表示，電話不會響了。

春嬌：電話響了，我掛上電話，騎上摩托車。醫院總是很遠。要去醫院的時候總是很趕，要去醫院的時候總是下雨。皮夾還在，手機落在計程車上。再過一陣子我才會發現。

婉君：個人的暴力會被懲罰，集體的暴力可以發新聞稿。

家明：他人即地獄，我曾經打斷過一些鼻子。如何正確地打斷別人的鼻子？

每個人都有自己的習慣，我習慣用手肘。

婉君：你也要避免注視他人的鼻子，即使那個高度不太自然。

家明：打人的人也會痛，那是一種反作用力。第一次見面那天，他穿一條水藍色的短褲站在路邊。離開那天也是，也是同一條藍色短褲。他站在一塊有補丁的柏油路上，伸手攔計程車。臺北的馬路看起來都一樣，補丁，人孔蓋，補丁，人孔蓋。臺北太小，能去的地方太少，我常常遇到他跟別人走在一起。我不該怪他，錯的是這個城市。如果你想住在城市裡，就只好忍耐。

春嬌：我騎上摩托車去遠方探病。路上大雨，又遇上車禍，我將摩托車停在路邊，攔了計程車。到不了的地方就叫遠方，醫院總是在遠方。

家明：交往久了，男人被逼婚，你們就安靜地分手。有些事情恆久不變，你想結婚，需要一男一女。

志明：我不知道這就是我的末日了，但是幸好，末日走得很慢，在末日完全覆蓋之前，還有一點點時間。他們說，在死去之前，記憶會倒帶，你會看見所有重要的東西。

家明從雜物堆中找出一些碗盤，將碗盤擺放於長桌上。

志明從雜物堆中找出杯子、瓶子，將杯子擺放於長桌上。

兩人相對而坐。

長沉默。

志明倒酒。

家明：我知道你要說什麼。

沉默。

家明：你可以不用說。

沉默。

家明：我昨晚做了一個夢，夢見我爸，我已經很久沒有想起他了。我有沒有跟你說過我爸是做什麼的？

志明搖頭。

家明：我爸什麼都不做，他養鴿子。

志明喝酒。

家明：他什麼都不在乎，就鴿子是他的心頭肉，如果我沒記錯的話，鴿舍還是他自己找鐵工跟木材，花了好長時間做起來的。他從來沒帶過我或我媽出門旅行，但會很仔細研究要帶鴿子去哪裡外放訓練……，如果可以選的話，我寧願當鴿子。

志明喝酒。

家明：我只看過他哭過一次，有次比賽到不知道第幾回合，颱風突然來了，應該是環流的關係，鴿子沒辦法登陸。光是那次比賽，就死了一萬多隻鴿子，他最喜歡的鴿子失蹤了。說真的我根本認不出來哪隻是哪隻，隔壁部門的同事穿上同顏色的西裝我都幾乎認不出來了，更何況是鴿子……，你認得出來鴿子的長相嗎？

志明搖頭。

家明：連續一個月，他天天站在屋頂等他的寶貝鴿子回家。有一天，我上去偷看，發現他在哭，連我爺爺死掉他都沒哭。但是鴿子失蹤了，他站在屋頂上哭。為什麼會說到我爸？

志明：你說你夢到他。

停頓。

家明：我爸死掉的時候，我也沒哭，我已經很久沒哭了。但我想了一下，如果是你，我應該是會哭的。

家明站起來，收拾碗盤。

家明：我真的不想哭，哭很累。所以，你走的時候，不要告訴我……。我現在要去洗碗。

家明離席。

燈暗。

燈亮。

志明：突然我想起你的臉。大家都說，結果不重要，重要的是過程。但是，如果預先知道結果，我們的過程會不會不一樣？

家明：在計程車上我想起他的側面，他的鼻樑曲線，他的香水味，他的訂做襯衫。我感覺餓，我拿出手機看時間，的確是晚餐時間。

春嬌：電梯來的時候，我還沒發現手機掉了。全部的人都在說世界末日，人太多，我討厭擠。我等了很久的電梯，電梯終於空了，我走進去。到不了的地方就是遠方，或者是迷宮。醫院讓我失去方向感，我想打開手機裡的定位系統，但是我忘記繳錢，手機的功能只剩下發光。我戴上口罩，遮住臉的大部分，口罩總是給人一種武裝的錯覺，戴上口罩，我覺得安全。

春嬌戴上口罩，繞行舞臺。

家明、志明也戴上口罩，跟在春嬌後繞行，踏出行軍般的踱步。

婉君：他們穿著一樣的制服，戴著一樣的面罩，我無法指認那些打我的人。

志明：他們在討論世界末日，醫院一樓的大廳，電視裡的名嘴在說話。

家明：我不知道他在幾樓，我必須等，我不認識他的家人，我只見過他剛結婚的老婆，我只能等。

婉君：那些人被送去醫院了嗎？我們會被送去醫院嗎？還是會就地掩埋，成為又一條熱騰騰的柏油路。有人的生命正在消逝，但你無能為力。

家明：我在醫院閒晃，你覺得醫院是故意設計得像迷宮嗎？我們也許在同一棟建築裡，但我無能為力。

志明：你覺得人有靈魂嗎？（停頓）你覺得靈魂會感到後悔嗎？

春嬌：二樓到了。

志明：二樓到了，電視裡的名嘴在說話。

春嬌：三樓到了。

志明：我的人生被規則包圍，包得太緊；我的靈魂被皮肉包圍，包得太緊，緊得讓人喘不過氣。如果早點知道結果，我們的過程會不會不一樣？

春嬌：四樓到了，我以為醫院裡沒有四樓。沒有人按鈕，但電梯每層都停。

志明：四樓到了，要下車的旅客，請準備下車。

春嬌：電梯停的時候我沒有發現，我旁邊的男人也沒有。他很專心，他在哭。我盯著電梯門上的縫隙，那個縫隙好緊密，好像藏著誰的名字。

家明：電梯不動了，我的第一個反應是打電話。給誰呢？

春嬌：我閉上眼睛，什麼都沒見到。但我感覺到電梯停了。在陌生人面前閉上眼睛有點詭異，我立刻睜開眼睛。

家明：她閉著眼睛，沒發現電梯不動。我按下緊急鈕。

春嬌：我想大叫，我想轉身離開，我想抽一根菸。電梯又開始上升。

家明：門開了，打開是一堵牆。那堵牆非常灰。我以為很多灰色會變成黑色，那是我見過最灰的牆。我按下關門鍵，電梯往上走。十一樓，我按著鈕讓她走出去。

春嬌：謝謝。

家明：她說了「謝謝」，我回答「不客氣」。我已經好一陣子沒有說話了。但有人說「謝謝」，你必須回答「不客氣」。有人說「對不起」，你必須回答「沒關係」。

春嬌：病房的號碼寫在手背上，早上寫的，洗過幾次手，號碼已經有點模糊，但我記得。我經過護理站，有人對我微笑。

婉君：城市裡最高的大樓被擊中了，它最後會垮掉，但是還沒有，在那之前我們還有一點點時間。你逃不出去，在那之前還有一點點時間。在毀滅抵達之前，還有一點點時間。該做點什麼好呢？

志明：空氣裡有血的味道，是我的，還是他的？

家明：他們說，整輛車都撞爛了，爛得像一塊奶油蛋糕。

志明：如果可以重來，該做什麼好呢？

志明躺上長桌。

家明、春嬌聯手推動長桌至舞臺中央。

春嬌：雙人房，你在靠窗的那邊。

沉默。

春嬌：我應該帶花來的。

家明：我在醫院大廳等著他的消息，會不會其實，他已經不在這裡了？

春嬌：他看起來像另一個人，我懷疑自己走錯病房。我反覆懷疑自己，我反覆看著床頭的名牌，我反覆看著病人的臉。我說謊，我沒辦法看著病人的臉，我別開臉，我從頭到尾沒仔細看過他的臉。我仔細研究那個先進的電動灌食器，還有那個不斷冒蒸氣的呼吸器，呼吸器讓周邊的空氣都溫暖潮濕了起來。他躺在那裡，身邊沒有任何人。

家明：我們最後一次見面是什麼時候？

志明：進場的時候，結婚進行曲放得太大聲了，有人在我耳邊拉砲，我有點耳鳴，好多人湧上來。我覺得我的西裝太緊了。（停頓）突然我看見你的臉。

婉君：柏油路上密密麻麻睡滿人，雖然隔著一層柏油，這是大家跟土地最接近的時候。大家待了很久，習慣了蚊子，習慣了這樣漫長的夜晚。路上的警察增加了，而我們早就習慣，每個地鐵車廂都至少有一個警察。凌晨的時候，警察拿起長槍，我們不為所動。遠方傳來槍響，人群開始鼓噪，我們在拒馬和高牆的中間，槍聲還很遠，但是愈來愈靠近。他們說：「不要擔心，所有人都回家了。」

續盯著縫隙看，下次開門也許會是一堵牆，上面有誰的名字。

家明：有人的生命正在消逝，但你無能為力……，我是不是已經晚了？

志明：你聽不到，我只想告訴你，沒關係。

婉君：但是沒關係。

春嬌：你覺得你有被愛過嗎？

沉默。

家明：我還在等，沒人告訴我病人在哪裡，但是沒關係，我會等。

春嬌：你覺得你有好好地被愛過嗎？

長沉默。

婉君：在最壞的時代，不用付出太多代價，每個人在世上就會有自己的位置。

春嬌：我繼續走長長的走廊回到醫院入口，工作人員錯把燈都關了。這個角度讓人想起鯨魚的腹腔，想起人類的腸道，這裡非常黑暗，帶著溫暖潮濕的風。長長的、彎曲的隧道，前方有一點點逃生的亮光。黑暗中我往前繼續走，甚至走得更快。這段黑暗讓我覺得，覺得非常安全，我想閉上眼睛，一路走到終點。出門前我在便利商店猶豫要買兩個裝還是三個裝的口罩……，幸好沒買三個裝，太多了，實在用不完。

婉君：你覺得人有靈魂嗎？儘管如此，我們是好國好民……。我相信一切都還來得及。

婉君脫下雨衣，丟進購物車。志明與家明舉起購物車，緩慢繞行舞臺外側。婉君與春嬌接力將椅子集中，堆高於長桌周圍。志明與家明將購物車推至長桌邊，婉君與春嬌將雨衣鋪放上長桌。

長沉默。

長長的鈴聲響起。

春嬌：火來了，趕快跑！

停頓。

春嬌：爸，火來了，趕快跑！

家明：志明，火來了，趕快跑！

眾人：（齊喊）火來了，趕快跑！趕快跑！跑！趕快跑！火來了，趕快跑！

長沉默。

志明：如果可以重頭來過，你想從哪裡開始？

燈暗。

春嬌、婉君、家明、志明共同拿著大片白布，緩慢覆蓋整座舞臺。

劇終。

＊「這個國家今天沒有好消息」引用自湯舒雯同名詩作。

（本劇作獲第二十四屆臺北文學獎舞臺劇本組評審獎。）

家族排列

——角色

盧佳惠／二十八歲，三姊弟裡的大姊。

盧佳嘉／二十六歲，三姊弟裡的二姊。

盧佳華／二十歲，三姊弟裡的弟弟。

陳嘉玲／二十八歲。

（年紀與資訊均為出場時的設定。）

第一場

▼舞臺：殯儀館的吸菸區。
三女一男，四人皆一身黑衣。

陳嘉玲：（對盧佳惠）妳是早產兒嗎？
盧佳惠：我……應該不是？
陳嘉玲：是足月才出生的？
盧佳惠：對……，應該是……，我沒聽我媽特別提過。
陳嘉玲：這就不一定了，妳媽沒特別提過的事應該很多。

盧佳嘉猛地站起來，盧佳惠立刻伸手拉盧佳嘉。

盧佳嘉：妳要幹嘛？
盧佳惠：妳才要幹嘛！
盧佳嘉：這裡是吸菸區，我想抽根菸可以嗎？

盧佳惠鬆手，盧佳嘉走遠一點，點菸。盧佳華始終低著頭沒有說話。

盧佳惠：對不起，我妹個性比較衝，從小就這樣……，今天真的謝謝妳，還有妳媽，要麻煩妳轉達我們的感謝。

陳嘉玲：妳覺得他真的會知道嗎？

盧佳惠：誰？

陳嘉玲：陳先生，家父，也就是令尊。

停頓。

盧佳惠：陳先生會知道什麼？

陳嘉玲：誰有來、誰沒來。

盧佳惠：……應該會知道吧。

陳嘉玲：燒庫錢那時候，你們有看到那間別墅嗎？

盧佳惠：有瞄到，感覺很豪華。

陳嘉玲：我媽特別去訂做的，裡頭的家具都是選過的，吸塵器做得好像，上

陳嘉玲：那這樣，訃聞的順序就錯了。
盧佳惠：妳是大的，妳本來就應該寫在前面。
陳嘉玲：妳媽都沒跟你們解釋過嗎？
盧佳嘉：妳要不要跟我們一起去擲筊問她？

停頓。

陳嘉玲：跟媽媽姓，你們不覺得奇怪嗎？
盧佳嘉：現在這個社會，跟媽媽姓應該是很正常的事情吧，我覺得過去兩千年大家跟爸爸姓那麼久了，以後兩千年都應該跟媽媽姓，世界才會回到應有的軌道。
陳嘉玲：我沒有那個意思。
盧佳嘉：當然不是那個意思，是我們不好意思。生而為人，我很抱歉，這樣可以嗎？
盧佳惠：盧佳嘉！
盧佳嘉：不要叫我全名！

長沉默。

陳嘉玲：我的態度一直很差，我必須向你們道歉。我平常不是這樣的……，一下子發生太多事情，初次見面，我知道我表現得很惡劣……

盧佳華：我們在醫院有見過。

陳嘉玲：那次不算……，那時候我不知道你們是誰。

盧佳嘉：妳約我們要做什麼，妳就直說吧。

陳嘉玲：在醫院的時候有提到，我奶奶不久前才過世。

盧佳惠：請節哀。

陳嘉玲：她臨終之前，對於沒有男丁很在意，爸爸當時有告訴她……妳弟弟……你們的存在。這件事一直被壓著，連續兩場喪事，讓家母精疲力竭，總之，她同意了，傳達先人的遺願，我奶奶希望妳弟弟能認祖歸宗。

沉默。

弟弟看向兩個姊姊。

盧佳華：我已經成年了，妳們不要再把我當小孩。我先說清楚，我沒有要改姓，跟媽媽姓很好，我很習慣我的名字了，我沒有要改姓。

陳嘉玲：我了解了，我會轉達這個決定。

盧佳華：我覺得捀不捀斗一點意義都沒有。

陳嘉玲：你已經捀了。

盧佳華：是那個法師硬塞過來的。

陳嘉玲：沒關係，我不信這些。

盧佳華：對不起，我沒有要跟妳搶。

陳嘉玲：我了解……，今天謝謝你們，我回去會好好傳達你們的意見。

陳嘉玲拿出包包，準備起身離去。

盧佳惠：等一下！麻煩妳等一下，我們可能需要一點時間討論。

陳嘉玲：那我撥個電話。

陳嘉玲拿著手機走到遠方。

繼承香火。

盧佳嘉：討論什麼？

盧佳惠：媽媽跟我說過，不要錢也不要土地、房子，她只希望弟弟能幫陳家繼承香火。

盧佳嘉：妳跟媽媽什麼時候講到這個？

盧佳惠：不要管，媽媽的願望就是這樣。

盧佳華：姊，妳聽我說，我沒有要繼承香火，更沒有要改姓。

盧佳惠：我答應過媽媽，不管你之後會怎麼看爸爸⋯⋯，你是陳家的孩子。

盧佳華：我不是陳家的孩子，我姓盧。

盧佳惠：你不聽姊姊的話，也要聽媽媽的話。

盧佳華：我不要姓陳。

盧佳嘉：妳很早以前就知道了對不對？

盧佳惠：現在講這個幹嘛。

盧佳嘉：妳早就知道了，為什麼不跟我說？

盧佳惠：妳現在是怎樣，夠了沒？

盧佳嘉：沒怎樣，我們就是私生子。

盧佳惠：非婚生子女。

盧佳嘉：私生子就私生子，換名稱還是改姓都一樣。

盧佳惠：盧佳嘉！

盧佳嘉：說了不要叫我全名！媽媽每次罵人都叫全名，妳不是媽媽，妳也不用扛起這個責任！

盧佳惠的手機震動，她拿出來按掉。

沉默。

盧佳嘉：在妳手機沒電或是關機之前，他就是會一直打來，只是逃避是沒用的。妳現在回答我，我是去醫院那天才知道的，弟弟也是。那妳呢，妳什麼時候知道的？

沉默。

盧佳嘉：爸爸根本是前年才去中國工作，不是像媽媽說的十幾年都在當臺幹，這些事情妳早就知道了嗎？

盧佳惠：妳知道我國小讀了三間嗎？

盧佳嘉：什麼？

盧佳惠：我讀了三間國小，第一間的班導師看到學生資料，以為我是單親家庭，把我找去約談，我才八歲欸，有什麼好談的；第二間也差不多，導師沒說，但是班上有學生的爸爸是家長會長之類的，特別叮嚀他的小孩不要跟我做朋友；然後是第三間，我不知道他們是怎麼處理的，總之就是處理好了。這是條已經處理好的路，多麼方便，所以你們都跟我讀一樣的國小、國中、高中，一路直升到最後。

盧佳嘉：每個老師都知道我是妳妹妹，是因為這樣嗎？

陳嘉玲回來。

盧佳嘉：妳回答我！

盧佳惠：我也很痛苦好不好，妳有沒有想過我的感覺！明明是他們的祕密，為什麼我也要一起承擔……？媽沒有要破壞別人的家庭，她說她跟爸爸先認識的，說什麼門不當戶不對，是奶奶不讓他們在一起，奶奶要他去娶另一家的千金。別人都不相信她，至少我們要相信她。（對陳嘉玲）我媽媽已經不在了，我代替她跟妳、跟妳的媽媽道歉，說什麼都沒有用，我不知道該做什麼才能夠彌補，但是我們沒有要跟妳們搶什麼的意思，請妳相信這點。

盧佳嘉：妳很過分，妳為什麼不跟我們說？

盧佳惠：媽媽拜託我不要說。

盧佳嘉：她說什麼妳就聽什麼噢。

盧佳惠：我很羨慕妳。

盧佳嘉：妳到底什麼時候知道的？

盧佳惠：小學一年級，八歲，我守這個祕密快二十年了，這樣妳滿意了嗎？就算我們媽媽是小三好了，小三的小孩怎麼了，我們做錯了什麼嗎？這是我們選擇的嗎？而且，所謂的第三者，那都是社會規範下的產物，有些地方、像是回教國家就沒有這種概念。如果第三者就是晚到的人，先來了第一個、第二個，第三個到的人就是第三者，媽媽先去陰間了，爸爸才去，那這樣媽媽就是大老婆了吧？現在這樣當作扯平可不可以？

盧佳嘉：妳真的很荒謬。

盧佳惠：對，我荒謬，妳最會念書，妳最聰明，妳說得都對，我們就是私生子。

盧佳華：妳們好了啦。

盧佳嘉不小心把自己的帆布包打掉，菸盒掉出來，她沒有理會。陳嘉玲撿起菸盒，看了一眼，坐在原處點菸開始抽。

盧佳華：我不管媽媽怎麼跟妳交代的，我不會改的，不管我姓什麼、不姓什麼，爸爸就是爸爸，媽媽就是媽媽，這些都不會改。

盧佳嘉：大姊應該懂你意思了。

盧佳惠：你改天自己去跟媽媽講……，要三個聖筊才算。

盧佳華：要跪著問嗎？

盧佳惠：隨便你啦！

盧佳嘉：你帶你的瑜伽墊去跪不會噢。

沉默。

陳嘉玲：你們討論完了嗎？

盧佳惠：（對陳嘉玲）我想大概是這樣，要麻煩妳轉達妳的家人……

陳嘉玲：我明白。

盧佳惠：真的很不好意思。

陳嘉玲：如果可以的話，我也想跟媽媽姓……，現在這樣不是我想要的，我也沒那麼想當陳家的人。

停頓。

盧佳嘉：那妳要不要跟妳媽討論看看？

沉默。

陳嘉玲：我沒想過有這個可能。

沉默。

陳嘉玲：你們有臉書或是 LINE 嗎？

盧佳華：我有 IG。

盧佳惠：你不是有臉書帳號？之前才換了彩虹頭像？

盧佳華：妳又偷看我電腦！

盧佳嘉：……大家要加好友嗎？

四人拿出手機。

陳嘉玲：我之後可能要去「中國」處理爸爸的房地產，之後如果有事，用臉書或 LINE 聯絡都可以，我翻牆成功就會回。

盧佳嘉：妳的臉書帳號是？

陳嘉玲：「Jia-lin Chen」。「Lin」是「Lin」而已，沒有「g」，對，那個。

盧佳惠：陳嘉玲？

陳嘉玲：嘉義的「嘉」。

盧佳惠：我先加妳，到時候也拉一個 LINE 對話群組？

陳嘉玲：好。

盧佳嘉：陳先生取名字真的很不用心。

陳嘉玲：我以前跟他抱怨過，他說二十歲之後想怎麼改就怎麼改，但是現在已經習慣了……。我媽媽還在等，我得離開了。

盧佳惠：真的謝謝妳，還有妳媽媽，也許有機會讓我們登門道謝……，還有道歉。

陳嘉玲：我媽今天就回醫院繼續治療了，所以沒辦法那麼快見面，大概要再過一陣子……。不過我會跟她溝通看看，我先走了……，就這樣，今天不能說再見。

陳嘉玲起身，對三人點頭，三人也對她點頭。

陳嘉玲往外走。

盧佳惠：既然都是臉書朋友了，等妳回來說一聲……，我們四個，找時間一起吃飯？

陳嘉玲：好。

第二場

▼舞臺：豪宅的樓梯空間。
四人或坐或站。

陳嘉玲：我要替我舅舅道歉。媽媽預計中午才出院，沒想到他們提早過來。

盧佳惠：是我沒看到妳傳的簡訊，應該先在樓下等的……

陳嘉玲：你們等一下有事嗎？

盧佳惠：沒有。

陳嘉玲：我跟管理員說一聲，你們先去頂樓 Lounge Bar 坐一下，等到他們離開，我再通知妳。

盧佳嘉：公司只讓我請半天假……，還是我們晚上再來？

盧佳惠：那時候儀式就都做完了。

盧佳嘉：不就是儀式而已，我們這些外頭偷生的有沒有拜到根本沒有差。

沉默。

陳嘉玲：我舅舅講的話，你們不要放在心上。我媽只是不知道怎麼面對你們，她說過你們可以來……，結果剛好碰上我舅舅。他就是被整個家族寵壞的大男人主義，明明是我家的事，我家現在沒有男人，他就會覺得有資格干預……，我很抱歉。

盧佳華：跟我們家的舅舅一樣。

陳嘉玲：你舅舅也是唯一的兒子嗎？

盧佳華：沒錯，這種男人真的很不行。

陳嘉玲：不過你也是唯一的兒子。

盧佳華：我不一樣。

陳嘉玲：怎樣不一樣？

盧佳華：就是……跟他們不一樣。

燈暗。

盧佳惠：怎麼了！

陳嘉玲：節能綠建築，這裡的燈是感應式的。

陳嘉玲向空中揮揮手。

燈亮。

陳嘉玲：要這樣揮才有用，不然感應不到。

盧佳嘉：妳常常來樓梯間嗎？

陳嘉玲：還可以。

盧佳嘉：不去頂樓 Lounge Bar？

陳嘉玲：到處都有人盯著，我不喜歡。

盧佳惠遞上蛋糕。

盧佳惠：啊，我怕忘記。這個，爸爸喜歡的，紅葉蛋糕。

陳嘉玲：什麼口味？

盧佳惠：芋泥鮮奶油。

陳嘉玲：我訂錯了……，我媽只說是紅葉，不記得口味，我訂了鮮奶油巧克力。

盧佳惠：都很好吃。

陳嘉玲：那晚點一起吃。

陳嘉玲從袋子裡拿出立牌，看著立牌。

陳嘉玲：生日快樂。
盧佳惠：應該是弄錯了，我有跟店員說不用。
陳嘉玲：一年了，他沒做什麼壞事的話，可能也投胎了吧。
盧佳惠：妳有夢過他嗎？
陳嘉玲：我沒有。不知道我媽怎樣。你們呢？
盧佳惠：爸爸頭七的時候，我們有在家裡灑麵粉，從大門一路灑進來，客廳、廚房、房間、走廊、陽臺全部灑滿了，聽說如果有回來會有腳印。
陳嘉玲：結果呢？
盧佳嘉：只有貓的腳印。
陳嘉玲：陳先生投胎變貓了？
盧佳嘉：我家的貓啦。
陳嘉玲：我媽會過敏，家裡不能養小動物……。沒有夢，也沒有回來，那他應該已經走了吧。

沉默。

盧佳華：不過我媽有回來過。我有幾次半夜，都聽到我媽穿著拖鞋走去廁所的聲音。有時候，還有打開電鍋蓋子的聲音，廚房的菜也看起來被翻過。感覺像是，媽媽想知道我們有沒有好好吃飯。

燈暗。

四人小聲驚呼。

盧佳惠：我的媽呀！

陳嘉玲揮揮手。

燈亮。

陳嘉玲：我該回去了，你們要不要上頂樓等？好了我打電話給妳。

盧佳惠：沒關係，在這裡就好。

陳嘉玲：好。

陳嘉玲推開安全門走出去，門悶聲關上。

盧佳惠突然站起來。

盧佳惠：啊，蛋糕沒拿！

盧佳惠的手機響起。

盧佳嘉：這麼快。

盧佳惠忙亂地翻找手機，拿出來看著螢幕，沒接。盧佳嘉斜眼瞄了盧佳惠一眼。

盧佳嘉：妳不是說沒聯絡了？

盧佳惠把手機按掉。

盧佳嘉：妳就接啊。

盧佳惠：沒什麼好講的。

盧佳惠的手機又響起。

盧佳嘉與盧佳華都看著盧佳惠。盧佳惠拿著手機猶豫不決，看著樓梯方向，她接起手機，緩步往下走。

盧佳惠：這裡好黑，等我一下。

走路聲，盧佳惠的說話聲漸漸變小。

盧佳華：我有點餓了。

盧佳嘉：要不要吃蛋糕？反正裡面應該什麼都有。

盧佳華：好。

盧佳嘉、盧佳華拆開蛋糕包裝，弟弟把生日快樂的立牌插上。

盧佳華：如果立刻投胎，爸爸也一歲了。

盧佳嘉：有可能，走在路上可能還會叫我阿姨。

盧佳華：阿姨好。

盧佳嘉：沒禮貌，叫姊姊。

停頓。

盧佳華：二姊。

盧佳嘉：你這樣叫的時候都沒好事。

盧佳華：妳覺得外遇的基因是會遺傳的嗎？

盧佳嘉：你也在跟有婦之夫交往喔？

盧佳華：我是擔心大姊。

盧佳嘉：吃蛋糕啦。老是不吃早餐，難怪你這麼笨。

盧佳華：我才不笨。

盧佳惠慢慢走回來。

盧佳華：我們吃蛋糕。

盧佳惠：只有我們三個，你可以切很大塊。

燈暗。

盧佳嘉：還來。

三姊弟在黑暗中用力揮手。無用。

盧佳華：不亮欸。

盧佳嘉拿出打火機，點好蠟燭，插上蛋糕。

盧佳嘉：好了。

盧佳嘉將立牌插上。

盧佳華：生日快樂。

盧佳嘉：生日快樂。

盧佳惠：生日快樂。

盧佳華：許願！大姊先，一人一個。

盧佳惠：我希望我們都身體健康。

盧佳嘉：我希望有人可以斬斷孽緣。

盧佳華：我希望我們都有好桃花。大姊負責吹蠟燭。

盧佳惠把蠟燭吹熄。

盧佳華：好黑。

三姊弟揮手。燈不亮。

盧佳華：是爸爸在整我們嗎？因為我們把他的蛋糕吃掉。

盧佳惠：你不要講這個。

盧佳華：就像洗澡的時候，他最喜歡來偷關燈，然後在外面敲門。

燈亮。

陳嘉玲開門走進來。

安全門外傳出用力的敲門聲，三下。盧佳惠驚叫出聲。

陳嘉玲：裡面在吵架，可能要很久，看好的時辰都要過了。我不想管了。

盧佳嘉：我覺得，以陳先生的個性，他應該已經去很遠的地方了。我們就讓他專心旅行，不要再煩他了。

沉默。

盧佳惠：要不要吃蛋糕？

陳嘉玲：好啊，我好餓。

盧佳華切了一大塊蛋糕遞給陳嘉玲。
四人坐在樓梯上，安靜地吃蛋糕。

第三場

▼舞臺：KTV包廂。
震耳欲聾的音樂聲。盧佳華用假音唱蔡依林版本的〈倒帶〉。

盧佳華：（唱）終於明白愛回不來，而你總是太晚明白……

盧佳嘉：好久沒唱歌。

陳嘉玲：謝謝你們陪我來。

盧佳惠翻看點歌本，假裝不經意碰到搖控器，切歌。

盧佳華：啊，我還沒唱完欸！

盧佳惠：怎麼不小心按到，是不是沒歌了？

盧佳惠伸手拿起遙控器，盧佳華立刻接過。

盧佳華：我來我來！

盧佳惠：你最近很喜歡蔡依林喔。
盧佳嘉：（對陳嘉玲）妳要不要唱？
陳嘉玲：那個點歌螢幕我看不太懂。
盧佳嘉：（遞歌本）看這個比較清楚。
陳嘉玲：你們要不要再點什麼？是我約唱歌的，先說好，這攤我請噢！
盧佳惠：妳不要又這樣，讓我們來……，妳這次待幾天？也要趕著回上海嗎？
陳嘉玲：應該就待下來了，中國的事情差不多處理完了，我也沒有力氣再飛來飛去……。要謝謝你們介紹的許太太，做事俐落又可靠，她來之後，我媽的精神好多了，最近可能可以把鼻胃管拿掉了。
盧佳惠：那就好，不過妳沒說許太太是我們介紹的吧？
陳嘉玲：我才不傻，當然沒有。
盧佳惠：我媽媽那時候，許太太也幫了很多忙……，時間不長就是了……，妳舅舅一直都那樣嗎？
陳嘉玲：今天還算好……，聽說他當初在公司更誇張，把爸爸外派去中國也是他搞的……，是跟廠商收回扣收太兇，有人來公司發黑函，後來才收斂一點。
盧佳惠：那他為什麼還是掛總經理？妳媽都沒有意見嗎？

陳嘉玲：這件事有點複雜……

盧佳惠：妳媽媽現在生病，妳要小心點，眼睛張大點，不要讓小人趁機作亂！

盧佳嘉：姊，點壺熱茶好不好？

盧佳華：我想喝膨大海。

音樂聲入，是謝金燕的〈姐姐〉。

盧佳惠拿起遙控器，切歌。

盧佳華：妳幹嘛啦！

盧佳惠：你不要一直霸著麥克風，讓別人也唱一下。

盧佳華：妳們就都不唱啊！

陳嘉玲：沒關係，弟弟想唱就唱。

盧佳華：謝謝嘉玲姊姊！

盧佳惠把麥克風從弟弟手上拿走，遞給陳嘉玲。

盧佳惠：他也只會唱一些不三不四的，還是妳唱。

盧佳華：怎樣不三不四？

盧佳惠：唱周杰倫啊、林俊傑啊，不要一直唱女生的歌。

盧佳華：我唱女生的歌怎麼了？

沉默。

盧佳惠：就不三不四。

盧佳華：我唱想唱的歌，怎樣不三不四？

盧佳嘉：姊……

盧佳惠：好好一個男生，幹嘛要人家叫你姊姊，很奇怪。

音樂聲入，是周杰倫的〈千里之外〉。

盧佳嘉：欸，我點的周杰倫來了，不然一起唱？

沉默。

盧佳嘉：誰幫我唱一下費玉清？

沉默。

盧佳嘉：我唱費玉清也可以。

陳嘉玲拿起麥克風。

陳嘉玲：妳周杰倫，我費玉清。

兩人正要開口，盧佳華拿起遙控器切歌。

盧佳華：為什麼她們可以唱男生的歌，我不能唱女生的歌？

盧佳惠：就很奇怪啊。

盧佳華：哪裡奇怪？我怎樣妳都說奇怪，到底哪裡奇怪，妳告訴我。

停頓。

盧佳華：哪裡？

盧佳惠：你不要這樣不三不四。

盧佳華：到底怎樣是不三不四？

盧佳惠：你愈來愈不男不女。

盧佳嘉：姊，妳在說什麼啦！

盧佳惠：你是要負責傳宗接代的！我們家就只有你了！

盧佳嘉：姊……，可以了。

盧佳華：我就沒有要。

盧佳惠：沒有要什麼？沒有要結婚嗎？可以！你可以跟流行不結婚，但你要負責生。

盧佳嘉：這又是誰跟妳講的？媽媽嗎？還是妳自己覺得？

盧佳惠：我昨天夢到爸爸跟媽媽，他們……

謝金燕的〈姐姐〉旋律出。

盧佳惠拿起遙控器，用力按了好幾下切歌。

盧佳惠：我昨天夢到爸媽，他們正在吃飯，對著我笑。我知道他們很擔心你，爸媽都不在了，你就是我的責任了。

盧佳華：我是我自己的責任，妳對妳自己負責就好了。

盧佳嘉：妳等一下，他們有說什麼嗎？

盧佳惠：他們一直笑，一直笑。

盧佳嘉：然後呢？夢裡還有什麼？

盧佳惠：他們吃飯，我坐在旁邊摺紙蓮花。

盧佳嘉：那我們呢？我跟弟弟呢？他們有說什麼嗎？

盧佳華：他們根本沒說，是妳自己解讀過度。

盧佳惠：但是我知道，我知道他們的意思。

謝金燕的〈姐姐〉旋律再出，盧佳華拿起麥克風。

盧佳華：我不想跟妳爭論這個。
盧佳惠：你還唱。
盧佳華：這是ＫＴＶ我為什麼不能唱？
盧佳惠：你到底、為什麼會變成這樣？爸媽死後，你就整個變了，愈來愈不聽話，我做錯了什麼讓你這樣對我？
盧佳華：我不懂我為什麼需要傳宗接代，妳們就不用。
盧佳惠：有什麼好不懂的！
盧佳華：妳們就不能生嗎？
盧佳嘉：其實有些國外的精子銀行，單身的女生也可以自己生，去美國、加拿大比較貴，但如果去東南亞的醫院，六、七十萬應該就可以生一個。
盧佳華：對啊，妳們也可以傳宗接代啊！
盧佳惠：那不一樣。
盧佳華：哪裡不一樣？如果只是姓氏，那讓小孩從母姓就好。
盧佳惠：我們生跟你生不一樣！
盧佳嘉：我們真的要吵這個嗎？
盧佳惠：沒有吵，只是討論。

盧佳華：妳一直逼我做我不想做的事，這算什麼討論？
盧佳惠：總之你不要做奇奇怪怪的事，不要看那些奇奇怪怪的網站。

沉默。

盧佳華：好，既然大姊都這樣說了，我有事情要宣布。
盧佳惠：（怒吼）你不准說！

沉默。

盧佳華：再不說就來不及了。
盧佳惠：那你就不要去！
盧佳華：妳知道我要去哪裡嗎？

盧佳惠拿出皮夾，拿出一張薄薄的單據，壓在弟弟眼前。盧佳華拿起來看。

盧佳華：給我這個幹嘛？

盧佳嘉：什麼，計程車收據噢？

盧佳華：妳現在拿出這個要做什麼？

盧佳惠：你好好看清楚！媽媽這輩子的收據就長這樣，就是這張紙。

盧佳嘉：妳幹嘛隨身攜帶死亡證明書？

盧佳惠：我高興。

盧佳華：妳高興？我看妳從來都沒有高興過！妳的人生有做過讓自己高興的事嗎？妳整天像防賊一樣盯著我，偷看我的電腦跟手機，我的人生是我自己的事情，妳可以不要一直介入嗎？妳去找點有意義的事情做可不可以！

盧佳嘉：好了，你們可以了。你們現在閉嘴，不要說出讓自己後悔的話。

沉默。

盧佳嘉把單據小心摺疊，拿出皮夾收好。

盧佳惠：還我。

盧佳嘉：現在開始，輪流保管。

盧佳惠：反正我還有。

沉默。

弟弟拿起遙控器，不斷按催歌。

陳嘉玲：在夢裡面，他看起來好嗎？

沉默。

盧佳惠：滿好的。

陳嘉玲：他穿什麼？

盧佳惠：就一樣。短袖 Polo 衫，西裝褲，戴那副眼鏡。

陳嘉玲：氣色好嗎？

盧佳惠：很好，很紅潤。

陳嘉玲：那就好……，我跟媽媽都沒有夢過他，原來他都在你們那邊。

盧佳惠：妳這幾年都在中國，妳媽都在醫院，爸爸可能找不到人……

盧佳嘉：我也沒夢過。

盧佳華：我也沒有。

盧佳嘉：爸爸偏心。

陳嘉玲：他就負心漢啊。（對弟弟）你不要跟你爸一樣。

盧佳嘉：妳這樣一說，我覺得他的側臉跟爸好像。

盧佳華：哪裡像，我瓜子臉欸！

陳嘉玲：真的有像，眉毛、眼睛皺起來的樣子也像。

盧佳華：我眼睛這麼漂亮，比較像媽媽好不好！

盧佳惠：總之你不要跟你爸一樣。

盧佳華：不可能啦。

謝金燕的〈姐姐〉旋律又出現了。

盧佳惠：你到底點了幾次〈姐姐〉！

盧佳華：三次，三個姊姊，一人一次比較公平。

停頓。

盧佳嘉：你快唱啦，不然一直跳針。
盧佳華：那姊姊們也一起唱。
盧佳惠：我不會唱這首。
盧佳華：聽一下就會了。
盧佳惠：不要啦。
盧佳華：那妳自己點一首，妳都沒唱。

盧佳惠走去點歌臺坐下，操作螢幕。

盧佳惠：現在的歌我都不會唱了……，這要怎麼用？

盧佳華按下切歌鈕。

盧佳惠：給你唱又不唱。

盧佳華：我教妳啦。

盧佳惠：今天到底是來唱歌的還是來切歌的……，「ㄅㄆㄇ點歌」是什麼？

盧佳華：妳吼，直接看「懷舊金曲」比較快。

盧佳惠：你很沒禮貌。

盧佳華：兼沒衛生。

盧佳惠：三八。

盧佳華：我就三八，妳不知道喫？

兩人點選螢幕。

盧佳華：妳要唱誰的歌？

盧佳惠：我不知道原唱是誰……，用歌名點的那個在哪裡？

盧佳華操作螢幕。

盧佳惠：有了，這首。

盧佳華：姊……，我有事要跟妳說。

沉默。

盧佳惠：回家再說。
盧佳嘉：就讓他說。
盧佳惠：在外面怎麼說。
盧佳嘉：這裡沒有外人。

停頓。

盧佳嘉：她們那邊知道也好。
陳嘉玲：什麼事？
盧佳惠：你先給我去擲筊問媽媽。
盧佳嘉：華華已經問過了。
盧佳惠：妳不要講話。

盧佳華：我問過了，連續九次，都是聖筊。
盧佳嘉：你問那麼多次幹嘛？
盧佳華：我怕大姊不認帳……，大姊，妳聽我說。
盧佳惠：我不要聽。
盧佳華：妳又開始演瓊瑤。
盧佳惠：你想怎樣隨便你，不要告訴我。
盧佳華：我只是想說，手術的風險很小，妳不要太擔心。
陳嘉玲：什麼手術？

長沉默。

盧佳嘉：你想自己說，還是我說？
陳嘉玲：會危險嗎？
盧佳惠：危險得要死。
盧佳華：沒有那麼誇張。
盧佳惠：不小心可能會死掉的。

盧佳華：在KTV包廂都有可能被流彈打到，每個人每天都有可能會死掉，我不想要用我不想要的身體活下去！

盧佳惠：早就叫你不要去考那個什麼性別所！

盧佳華：我又沒考上！

停頓。

盧佳惠：一樣啦！

陳嘉玲：是……切除手術嗎？

盧佳惠：不准切！什麼都不准切！

盧佳嘉：切什麼！妳以為是滷味拼盤噢！

盧佳華：沒有要切，總之，這次不是這種……

謝金燕的〈姐姐〉旋律再出。

盧佳惠：怎麼還有！

盧佳華：我切掉。

盧佳惠：你不准切！

盧佳華：歌啦，我把歌切掉，其他沒有要切。

盧佳惠：真的沒有要切？

盧佳嘉：妳在意的點真的很奇怪……，跟妳講到都餓了，時間快到了，要續唱嗎？要續唱的話我要點滷味拼盤。

陳嘉玲：沒關係，大家看起來都累了，我等一下可能還要回醫院。

盧佳華：沒歌了。

盧佳惠：都被你切光了。

盧佳華：還不是妳叫我切的。

盧佳惠：不准切。

盧佳華：好啦！不要跳針。應該還可以點一首，妳點妳唱。

盧佳惠按下點歌鍵。潘越雲的〈純情青春夢〉旋律出。

盧佳華：這首歌好熟……

盧佳嘉：媽媽的招牌歌啊。

盧佳惠拿起麥克風欲唱。

盧佳嘉：盧佳惠，妳唱完這首沒哭的話，我等下請吃鹹酥雞。

盧佳惠開口唱。

盧佳惠：送你到火車頭，越頭就做你走，親像斷線風吹，雙人放手就來自由飛，阮還有幾句話，想要對你解釋，看是藏在心肝底較實在……阮也有每天等，只驚等來的是絕望，想來想去，抹凍辜負著青春夢，青春夢，咱兩人相欠債，你欠阮有較多，歸去看破來切切，較實在……

音樂聲淡出。

盧佳嘉：妳最近還是睡醫院嗎？

陳嘉玲：我盡量。雖然除了許太太以外，有找另一個看護二十四小時輪班，但想到媽媽一個人在醫院裡，我就睡不著……，反而住在醫院睡得比較好……。你們以前怎麼照顧的？

盧佳嘉：二十四小時看護太貴了，許太太偶爾來，我們就三個人輪流顧。華華當時還在念大學，白天給他，下午我姊收完店就去接，我下班回家，洗完澡就過去，直接從醫院去公司，那陣子睡得差，上班都不會遲到。

陳嘉玲：好羨慕啊，獨生女都沒辦法跟人排班。

盧佳嘉：可是妳家有錢欸。

陳嘉玲：欸，盧佳嘉，妳不要一直翻舊帳！

盧佳惠回來，手上拿著三個醫療用口罩。

盧佳惠：這裡果然專業，口罩還是綁帶的。妳們看！一人一個。

盧佳惠分發口罩。盧佳惠把口罩對摺，蓋住眼睛，綁好帶子，往椅子一靠準備睡了。

盧佳惠：華華出來要叫我。

盧佳嘉：好，妳專心睡。

手機震動聲。

盧佳嘉用手肘敲盧佳惠，盧佳惠拿下口罩。

盧佳嘉：不是說沒聯絡了！

盧佳惠：什麼啦？

盧佳嘉：妳的奪命追魂 call，又打來了。

盧佳惠打開包包往裡看。

盧佳惠：不是我的手機啦。

陳嘉玲：不好意思，是我的。

陳嘉玲拿著手機往旁邊走。

盧佳惠：她上次提的，要妳去她媽媽家的公司上班，妳考慮好了沒？

盧佳嘉：去她家的公司上班，太奇怪了。

盧佳惠：妳不是想跳槽？人家開的條件又那麼好。

盧佳嘉：公司的人一定知道我是誰，我不想去。

盧佳惠：盧佳嘉！

盧佳嘉：不要叫我全名，這裡是公共場合，而且我現在不想被念。

盧佳惠：妳書讀得那麼好，要懂得好好把握機會……，不要像我一樣。

停頓。

盧佳嘉：姊，妳這樣很好。

盧佳惠：好到現在都嫁不出去。

沉默。

盧佳嘉：幹嘛要結婚？結婚對女生來說……弊大於利。妳就遇到負心漢，我們一家都走這個衰運。

盧佳惠：妳說華華以後會不會遇到負心漢？

盧佳嘉：會開這種玩笑了，妳不錯，有進步。

盧佳惠：怎樣都好，找到一個真心愛他的人就好。

盧佳嘉：我有真心愛他，妳也有，嘉玲也可能有，這樣就夠了。

停頓。

陳嘉玲走回來，手上拿著三罐礦泉水，水拿不穩快掉了，盧佳惠、盧佳嘉伸手接過。

陳嘉玲：護士說大概再兩個小時。

盧佳惠：好久。

盧佳嘉：還是妳先回家休息？

盧佳惠：我要在這裡，弟弟要變妹妹了，我要第一個看到。

盧佳惠用力把口罩戴回眼睛。盧佳嘉與陳嘉玲對看一眼。

盧佳嘉：妳媽還是一直睡嗎？

陳嘉玲：最近是睡得很淺。有時候我凌晨醒來，發現我媽盯著空氣看，講一堆我聽不懂的話。昨天是說「我快乾掉了」，我就拿水給她喝，她不知道哪來的力氣，把水往自己頭上淋。

盧佳嘉：為什麼？

陳嘉玲：她夢見她是我們老家院子裡的榕樹，妳有去過嗎？三層樓的老洋房。

盧佳嘉：沒有。

陳嘉玲：我上幼稚園之前住過那裡，後來只有過年的時候才會回去。她常常跟我說榕樹很陰，不要靠近。爸爸生病的那陣子，我媽其實有偷偷找風水師來看，那個老師說，那棵樹長得太大了，已經修煉成榕樹精。榕樹精的觸角伸進我們家族，遮住老家的地理穴位，影響風水，還會吸收家中男丁的精氣，那棵樹不砍掉，我們家的男丁活不過五十歲……，爺爺四十出頭就心肌梗塞走了……。總之，媽媽立刻找工人來砍樹，還找了人來作法，因為聽說，老樹是不能亂砍的。

盧佳惠把口罩拿開。

盧佳惠：後來呢？

陳嘉玲：近百年的老樹，一個早上就砍掉了，叫了怪手，連樹根都刨起來……。那是通知你們來醫院的前一天……，我媽媽一早就去仁愛路拿蛋糕……，她後來跟我說，她在蛋糕店看到一個人，覺得應該是妳……。那天爸爸有兩個蛋糕，我想，他應該早就習慣這件事：兩個蛋糕，兩次慶生，兩個老婆，兩個家庭……

盧佳嘉：四個小孩……，快要變成四個女兒……

盧佳惠：他兩個蛋糕都沒吃到，他那天根本沒辦法吃東西。

陳嘉玲：他有吃，都有吃，他天秤座的，很注重公平。那天下午他精神變得很好，吃了蛋糕，還說要去醫院外頭走走，傍晚開始吵著要出院、要回家。

盧佳惠：後來呢？

陳嘉玲：後來……後來他就死掉了。

停頓。

陳嘉玲：後來我舅舅一直說，那就是迴光返照啊我怎麼不懂，怎麼不趕快讓爸爸把事情交代清楚。我怎麼會懂？我那個時候高興都來不及，想說再過幾天爸爸就可以出院了，我怎麼可能會懂……？

盧佳嘉：妳舅舅真的很差勁。

盧佳惠：我看到妳舅舅傳來的 LINE，已經是隔天早上的事了。我睡得早。

陳嘉玲：對不起，那時候一團亂……

盧佳惠：現在想到這件事還是覺得好荒謬，那個 LINE 畫面，我到現在還記得……。我現在已經不用 LINE 了。

陳嘉玲：真的很抱歉，很難解釋，但是真的很抱歉。

盧佳惠：訊息是晚上十點三十六分，爸爸是這個時間離開的嗎？

陳嘉玲：十點半。

盧佳惠：爸爸是半夜出生的……，他還是沒超過五十歲……

停頓。

盧佳惠：好，沒關係，這樣華華就沒事了，對吧！不管榕樹有沒有砍掉、那個風水師有沒有亂講，他現在不算是男丁了吧？

盧佳嘉：以傳統的角度來看，應該不算。

盧佳惠：還是……還是叫他切掉？

盧佳嘉：姊……

盧佳惠：叫他以後盡量多穿裙子，不要再穿褲子！

盧佳嘉：姊……，也不是用穿著來看吧！

盧佳惠：從老天爺的角度，這樣比較清楚啊。妳！妳負責帶他去買裙子，還有內衣。

盧佳嘉：他有自己的喜好跟想法，他可以自己搞定的。

陳嘉玲：我今天有一個任務……，來之前我跟我媽抵抗了很久，但她要我發誓會做到。

盧佳嘉：怎麼了？

陳嘉玲拿起旁邊的大袋子，打開，拿出一堆洋裝。

陳嘉玲：我媽堅持，要送華華一些裙子……。她託我轉達一句話，祝華華長命百歲。以上，我講完了。

沉默。

陳嘉玲：對不起，她不知道什麼時候打電話叫專櫃送去醫院的。早上我們不小心把原本的袋子弄破，現在這袋衣服看起來有點亂……。家母這幾年身體不是很好，有點容易鑽牛角尖……，她不是有意的……

盧佳惠：伯母的好意，我們代華華收下了。她醒來看到這些裙子，一定會很開心的。

盧佳惠拿過大袋子，打開，看向裡頭，慢慢拿起一件黑色小洋裝。

盧佳嘉：姊……

盧佳惠：這些衣服不便宜吧……？這個質料摸起來好舒服……

盧佳惠拿過袋子，洋裝有黑的、紅的、白的、花的……，各種顏色跟款式，她一一展開那些洋裝，仔細檢視，然後將洋裝們摺好，放在旁邊的空座位。最後一件是她最先拿起的黑色小洋裝，她沒有摺，小心將洋裝放在空座位，彷彿洋裝正坐在那個位置上。

第五場

▼舞臺：陳嘉玲家客廳。
如同第一場，眾人皆著黑衣。

盧佳惠、盧佳嘉、陳嘉玲在長桌邊坐成一排，正在摺紙元寶。陳嘉玲、盧佳嘉摺完堆成一堆，盧佳惠將元寶撐開，在桌上堆成一小堆。盧佳華穿黑色小洋裝進場，提著一大袋蓮花金紙和一袋飲品。

陳嘉玲：謝謝，總共多少錢？

盧佳華：嘉玲姊姊，不要跟我客氣。

陳嘉玲：外面那些人有沒有為難妳？

盧佳華：放心，沒有。

盧佳惠：不是跟妳說穿這件洋裝要配高跟鞋？比較有氣勢。

盧佳嘉：真的沒有嗎？

盧佳華：他們就竊竊私語，然後盯著我胸部看。

盧佳嘉：哼，花那麼多錢用的，是他們想看就看的嗎！妳等下再發現他們看，就罵「變態」。要大聲一點知不知道？

陳嘉玲：華華最近都好嗎，有沒有遇到壞人？

盧佳華：我都好，不用擔心。每次出門大姊都比我激動，有時候路人只是看我，大姊就猛瞪人家。

盧佳惠：有些人的眼神很討厭啊……，上次在戶政事務所，旁邊的人也是。

陳嘉玲：有成功嗎？

盧佳惠：他們說，變性手術沒完成就不行……。可是，可是華華覺得自己是女生，不對，華華確定自己是女生……，結果證件還是不能換。

盧佳華：大姊，有妳這樣說就夠了，別管那些人。

盧佳惠：這世界上莫名其妙的人真的很多，好想罵人。

盧佳嘉：那妳走到外面，對他們大喊「變態」，當作練習。

盧佳惠：不要在這裡罵人啦。

陳嘉玲：沒關係，那些人可以罵。連蓮花金紙都買錯，還是華華去幫忙重買的。盡量罵，我不介意，相信我媽也不會介意的。

盧佳華從袋子拿出飲品。

盧佳華：冰的黑咖啡……姊姊的……，冰拿鐵……我的跟大姊的……，熱巧克力……二姊的……

接著盧佳華將金紙一疊疊放在桌上，拆封。盧佳嘉與陳嘉玲拿出袋子，一起把摺好的元寶裝袋。盧佳惠把金紙攤成扇形。四人動作完畢後坐下，有默契地開始摺。

盧佳嘉：早上妳們還沒來的時候，她舅舅找了朋友來，帶幾十個玉石材質的骨灰罐要她立刻選……

盧佳惠：他又想幹嘛？

盧佳嘉：我就客氣地問價錢，每罐都差不多可以買一間小套房。

陳嘉玲：是啦，這也是套房的一種……，沒有隔間，算是 loft……

盧佳嘉：重點是，都很醜！

盧佳惠：還好妳在，妳要幫忙擋一下。

盧佳嘉：我知道。

陳嘉玲一邊摺紙，默默地落淚。盧佳華遞上小包面紙，盧佳惠、盧佳嘉一路傳過去給陳嘉玲。四人沉默地低頭摺紙。盧佳華從手提包裡拿出一包抽取式衛生紙，放在桌子中間。

陳嘉玲：趁我還記得，我在媽媽的梳妝檯找到這張照片。

陳嘉玲從黑襯衫的前口袋拿出照片，盧佳嘉接過，盧佳惠、盧佳華也湊過來看。

陳嘉玲：應該是在爸爸的老家後院拍的。

盧佳華：這棵樹好大。

陳嘉玲：前幾年砍掉了。

盧佳惠：就是那棵啊……

陳嘉玲：看到照片我才想起來，後院以前還有個噴水池，可能是一種中西合璧的概念，池中間還有一直在尿尿的邱比特。我四歲還五歲的時候在後院玩，想去看為什麼邱比特可以一直尿尿，結果額頭被他手上的箭刺中，流了超多血。爸爸太生氣了，聽說一從醫院回家，他就徒手把邱比特拔掉了。

盧佳惠：很像他會做的事。

盧佳嘉：之前我臉被貓抓了好幾條，爸爸一到家，就把貓抓去剪指甲。
陳嘉玲：還好不是把貓怎麼樣。
盧佳嘉：怎麼可能，他最愛貓了，他每次回家，跟貓說最多話。
陳嘉玲：這對我來說太難想像了，我以為他討厭動物⋯⋯。他跟我說過，他其實不想要小孩，自由自在的多好。
盧佳嘉：想要自由自在就不要生啊，小孩也不能選擇父母，也不能選擇生在什麼樣的家庭，這更不公平。

沉默。

盧佳惠：爸爸那時候好年輕⋯⋯，裡面的小孩是誰？是雙胞胎嗎？還穿一樣的衣服。
陳嘉玲：不是雙胞胎⋯⋯，妳翻到背面。
盧佳惠：佳惠⋯⋯跟嘉玲⋯⋯一歲⋯⋯，我認不出來⋯⋯，家裡沒有我小時候的照片⋯⋯
陳嘉玲：應該有一個是我，我有過這件衣服⋯⋯，但是太遠了，看不出來哪個是我。

盧佳嘉接過照片。

盧佳嘉：真的看不出來。

陳嘉玲：照片夾在日記裡，我從不知道我媽有寫日記的習慣。這張照片應該是趁我媽住院的時候拍的。媽媽在日記裡寫，她住院了一星期，我還太小，只能放在家裡，我爸說會請人來照顧。我猜，應該是請了妳媽媽來幫忙，順便把大姊也帶來住了。還找到另外一張照片，一個年輕女人坐在噴水池前面，應該是妳媽吧？不過她的臉被塗黑了，我沒帶來。

盧佳嘉：那這些照片是誰拍的？

陳嘉玲：現場沒有別人了，不是妳媽，就是妳爸。

盧佳嘉：陳先生膽子很大欸⋯⋯，帶人回家，還給兩個小孩穿一樣的衣服⋯⋯

陳嘉玲：是啊⋯⋯，照片看不出嬰兒的長相，不知道那時候有沒有抱錯。

停頓。

陳嘉玲：我記得我在小學左右，很常看見我媽半夜在講電話，不完全是講，有時候是對著電話大罵，有時候會一邊哭，有時候會講非常久，久到我要出門之前，還看到媽媽坐在沙發最邊邊繼續講。我當時有個保姆，媽媽太大聲的話，她會把我抱到樓下的客房睡……。我看完那幾年的日記了，我媽是在跟妳媽講電話。

盧佳惠：我也記得媽媽常常半夜講電話。

盧佳嘉：我也有印象。

盧佳華：我也記得。

盧佳惠：妳那麼小，妳哪記得。

陳嘉玲：我媽跟妳媽，她們好像認識，我不知道算不算朋友，但她們認識很久，筆友嗎？不對，是講電話的朋友。她們講很久電話的時候，通常爸爸都不在，不在我家，不在妳家，不在她們知道的任何地方，我看日記的時候覺得，她們好像某種彆腳的警察噢……

停頓。

陳嘉玲：幫爸爸看塔位的時候，我順便買了媽媽的。如果附近有位置釋出，妳們會不會願意讓妳媽也搬過來一起住？想說以陳先生的個性，如果他常常不在家，她們還可以一起做伴。

盧佳惠：嘉玲，謝謝……

陳嘉玲：上一代的事情，就讓他們自己去解決吧。

陳嘉玲繼續摺蓮花，四人的生產線繼續。

盧佳嘉：陳先生好煩，這些事還要留給我們處理。

盧佳華：妳們覺得，我們是不是有可能，還有別的兄弟姊妹？

停頓。

陳嘉玲：不然今年不要去拜他，給他餓。

盧佳嘉：好，我們準備超豐盛的飯菜給我媽跟妳媽，讓陳先生只能看不能吃。

盧佳惠：她們一定會心軟的。

陳嘉玲：不行，要特別叮嚀她們！
盧佳惠：要把原則講清楚。
盧佳華：沒錯！
陳嘉玲：妳們覺得今天摺得完一百零八朵嗎？
盧佳惠：這樣是……每個人二十七朵……，有機會，有機會。
盧佳嘉：欸妳，想哭的話就哭，不要客氣。
陳嘉玲：好。
盧佳嘉：但是手不要停。
陳嘉玲：好啦。

四人加快速度，專心摺蓮花。盧佳惠哼起〈純情青春夢〉的旋律，另外三人小聲加入。
燈暗。

劇終。

（本劇作獲第十九屆臺北文學獎舞臺劇本組優等獎。）

《家族排列》臺／華語

臺文審定：

林瑞崐

陳守玉

第一場

▼舞臺：殯儀館的吸菸區。
三女一男，四人皆一身黑衣。

	臺語	華語
陳嘉玲	（對盧佳惠）妳敢是早產？	（對盧佳惠）妳是早產兒嗎？
盧佳惠	我……應該毋是？	我……應該不是？
陳嘉玲	是……足月才出世？	是足月才出生的？
盧佳惠	Énn……應該是……，無特別聽阮媽講過。	對……，應該是……，我沒聽我媽特別提過。
陳嘉玲	這就無的確矣，恁媽無特別講過的代誌應該真濟。	這就不一定了，妳媽沒特別提過的事應該很多。
盧佳嘉猛地站起來，盧佳惠立刻伸手拉盧佳嘉。		
盧佳嘉	妳欲創啥？	妳要幹嘛？

盧佳惠	我……應該毋是？	妳才要幹嘛！
盧佳嘉	遮是噗薰的所在，我想欲噗一支薰，敢袂使？	這裡是吸菸區，我想抽根菸可以嗎？
盧佳惠鬆手，盧佳嘉走遠一點，點菸。盧佳華始終低著頭沒有說話。		
盧佳惠	歹勢，阮妹妹自細漢性地就較衝碰……，今仔日多謝妳，閣有恁媽媽，愛麻煩妳替阮轉達阮的感謝。	對不起，我妹個性比較衝，從小就這樣……，今天真的謝謝妳，還有妳媽，要麻煩妳轉達我們的感謝。
陳嘉玲	妳感覺伊敢會知影？	妳覺得他真的會知道嗎？
盧佳惠	啥人（Siáng）？	誰？
陳嘉玲	（華語）陳先生，家父，也就是令尊。	陳先生，家父，也就是令尊。
停頓。		
盧佳惠	陳姓會知影啥？	陳先生會知道什麼？
陳嘉玲	啥人有來、啥人無來。	誰有來、誰沒來。

盧佳惠	我毋知呢。	我不知道。
陳嘉玲	今仔日若像嘛有筊間送罐頭塔來。	今天好像也有賭場送罐頭塔來。
盧佳惠	今仔日來的人足濟。	……今天來的人好多。
陳嘉玲	閣有誠濟人無來。	還有很多人沒來。
盧佳惠	想袂到伊人面遮闊，會場都遮大矣，閣無法度予所有的人攏入來。	沒想到他人面這麼廣，會場已經很大了，還是沒辦法容納所有的人。
盧佳嘉捻熄菸走回來。		
陳嘉玲	聽說有誠濟人對大陸飛過來，伊幾冬前……	聽說有滿多人從內地飛過來的，他前幾年……
盧佳嘉	（打斷）是中國。	（打斷）是中國。
盧佳惠的手機響起，她立刻按掉。再響，她再按。再響，她把手機調成震動。		
盧佳嘉	無接電話就是咧無閒啊，伊到底是欲敲到啥物時陣才甘願？	不接電話就是在忙，他到底什麼時候才可以不要一直打？

盧佳惠	伊毋是刁工的啦。	他不是故意的。
陳嘉玲	足臭的。	好臭。
盧佳惠	抑是咱換一个所在，妳欲入去無？	還是我們換個地方，妳要進去嗎？
陳嘉玲	毋是遮的問題。	不是這個問題。
盧佳嘉	無妳到底有啥物問題？	那妳到底有什麼問題？
盧佳惠	「盧佳嘉」！注意妳的禮貌！	盧佳嘉！妳注意禮貌！
沉默。		
盧佳華	「二姐」的名予人（hőng）寫毋著去矣。	二姊的名字被寫錯了。
盧佳惠	毋是講莫講這。	不是說不要講這個嗎？
盧佳華	這真重要呢，爸爸知影會無歡喜。	這很重要吧，爸爸知道會不高興的。
盧佳嘉	伊袂知啦。	他不會知道的。
盧佳華	會。	會。

盧佳嘉	這抑無重要啊。	這不重要。
盧佳華	哪會無重要！訃音頂懸妳的名予人寫毋著呢！	怎麼會不重要！訃聞上妳的名字被寫錯了！
盧佳惠	臨時寫遐濟份，加減會有重耽，爸爸會當理解啦。	臨時手寫那麼多份，難免忙中有錯，爸爸可以理解的。
盧佳嘉	橫直阮攏無重要，干焦你上重要。	反正我們不重要，只有你重要。
盧佳惠	妳今仔日是食毋著藥仔，是無？	妳今天吃錯藥啊！
盧佳華	妳明明知影都毋是按呢，妳閣按呢欲創啥！	妳明明知道不是這樣！妳幹嘛這樣！
沉默。		
陳嘉玲	是佗一个字寫毋著矣？	哪個字寫錯了？
盧佳惠	「嘉」。我是「佳惠」，阮妹妹是「佳嘉」，阮弟弟是「佳華」。我	「嘉」。我是佳惠，我妹是佳嘉，我弟是佳華。我的「佳」是「人土

	的「佳」是「人土土」彼个「佳」，「惠」是「銘謝惠顧」的「惠」。阮弟弟的「佳」嘛是，「華」是「中華民國」的「華」。阮妹妹的「佳」嘛是「人土土」，毋過第二个「嘉」是「嘉義」的「嘉」。	土」那個「佳」，「惠」是銘謝惠顧的「惠」。我弟的「佳」也是，「華」是中國民國的「華」。我妹的「佳」也是「人土土」，但是第二個「嘉」是嘉義的「嘉」。
盧佳嘉	欸，我這馬才發現講，咱的名攏是清彩號號咧，菜市仔名。咱的名攏是爸爸（對陳嘉玲）也就是陳姓號的，攏菜市仔名，根本就無用心。	欸，我今天才發現，我們的名字都取得好隨便噢，都是菜市場名。我們的名字都是爸爸，（對陳嘉玲）也就是陳先生，取的，都是菜市場名，根本不用心。
陳嘉玲	若按呢，是恁的名攏予人寫毋著矣？	那是你們的名字都寫錯了？

盧佳惠	無，干焦「嘉」……，干焦「盧佳嘉」彼个「嘉」寫毋著，阮的「佳」攏著……，寫出來較清楚。（對盧佳嘉、盧佳華）恁敢有紙佮筆？	沒有，只有「嘉」……，只有盧佳嘉那個「嘉」寫錯，我們的「佳」都對……，寫出來比較清楚。（對盧佳嘉、盧佳華）你們有沒有紙筆？
盧佳嘉、盧佳華翻找包包。陳嘉玲猶豫，也跟他們一起翻找包包。盧佳華的包中掉出小毛巾，他趕緊收好。		
盧佳華	佪講有較冗，會使提。	他們說有多，可以拿。
盧佳惠	彼是外人咧提的。	那是外人拿的。
盧佳嘉	阮是外人啊。	我們是外人啊。
盧佳惠	妳啥物意思？	妳什麼意思？
盧佳嘉	咱毋是「內人」，那按呢就是「外人」。就是這咧意思。	既然我們不是「內人」，那就是外人。就這個意思。
盧佳惠	恁攏無筆 hioh？	你們都沒有筆嗎？

陳嘉玲	抑是有證件？用看的較緊？	還是有證件？直接看比較快？

盧佳惠找出錢包，遞身分證給陳嘉玲。盧佳嘉、盧佳華沒有動作。陳嘉玲看著盧佳惠的身分證，盯著正面看，又翻面看。

陳嘉玲	所以恁攏一直綴媽媽姓？	所以你們一直都跟媽媽姓？

盧佳嘉笑出聲。

盧佳嘉	阮爸姓陳，阮媽姓盧。「盧佳惠、盧佳嘉、盧佳華」，啊妳講咧？	我爸姓陳，我媽姓盧。盧佳惠、盧佳嘉、盧佳華，妳說呢？
陳嘉玲	老爸這欄……空白……	父親欄是空白的。
盧佳惠	我細漢捌問過，阮媽講爸爸去中國做生理，驚予人騙，所以一直攏無去登記。	我小時候問過，我媽說爸爸去中國做生意，怕被人騙，所以一直沒有登記結婚。
陳嘉玲	妳有影比我較大。	妳真的比我大。
盧佳惠	我掠準咱是同年的。	我以為我們同年。

陳嘉玲	是，毋過妳較早我一工。阮媽有身的時陣狀況無蓋好，我提早三個月出世……，攏已經遮趕矣，妳閣早我一工。	對，但是妳大我一天。我媽媽懷孕的時候狀況不太好，我提早三個月出生……，都已經這麼趕了，妳還比我大一天。
沉默。		
盧佳惠	妳是佗一工？	妳是哪天？
陳嘉玲	二十二。	二十二。
盧佳嘉	所以我的姊姊嘛是妳的姊姊。	所以我的姊姊也是妳的姊姊。
盧佳惠	「盧佳嘉」！	盧佳嘉！
停頓。		
陳嘉玲	若按呢，訃音的順序就毋著矣。	那這樣，訃聞的順序就錯了。
盧佳惠	恁是大房，本來就應該愛寫佇頭前。	妳是大的，妳本來就應該寫在前面。
陳嘉玲	恁媽敢攏無共恁解說過？	妳媽都沒跟你們解釋過嗎？

盧佳嘉	無……，妳敢欲佮阮做伙跤桮共伊問？	妳要不要跟我們一起去擲筊問她？
停頓。		
陳嘉玲	綴媽媽姓，恁攏袂感覺奇怪喔？	跟媽媽姓，你們不覺得奇怪嗎？
盧佳嘉	這馬這个社會，綴媽媽姓應該真正常啊。我感覺過去的兩千外冬逐家綴爸爸姓遐久矣，以後的兩千外冬攏應該愛綴媽媽姓，按呢這个世界才撨會轉來。	現在這個社會，跟媽媽姓應該是很正常的事情吧，我覺得過去兩千年大家跟爸爸姓那麼久了，以後兩千年都應該跟媽媽姓，世界才會回到應有的軌道。
陳嘉玲	我無彼个意思。	我沒有那個意思。
盧佳嘉	「當然不是那個意思，是我們不好意思。生而為人，我很抱歉」，按呢敢會使？	當然不是那個意思，是我們不好意思。生而為人，我很抱歉，這樣可以嗎？
盧佳惠	「盧佳嘉」！	盧佳嘉！

盧佳嘉	莫叫我全名！	不要叫我全名！
長沉默。		
陳嘉玲	我的態度一直真穤，佇遮愛共恁會失禮。我平常時毋是按呢……，毋過……，一睏頭發生傷濟代誌，頭一擺見面，我知影我表現甲真惡質的……	我的態度一直很差，我必須向你們道歉。我平常不是這樣的……，一下子發生太多事情，初次見面，我知道我表現得很惡劣……
盧佳華	咱佇病院捌見過。	我們在醫院有見過。
陳嘉玲	彼擺無算……，彼个時陣我毋知影恁是啥人。	那次不算……，那時候我不知道你們是誰。
盧佳嘉	妳約阮是欲創啥，就直接講啦。	妳約我們要做什麼，妳就直說吧。
陳嘉玲	佇病院的時陣捌講過，阮阿媽今仔（tann-á）過身無偌久。	在醫院的時候有提到，我奶奶不久前才過世。
盧佳惠	嘿啦……，妳有講過。	請節哀。

陳嘉玲	佇伊過身進前，無查埔孫這件代誌予伊真掛心，爸爸彼當陣有共伊講……恁小弟……恁的代誌。這件代誌一直予人掩崁，連續兩場喪事，予阮媽真忝頭，橫直，她是答應矣，傳達序大人的意思，阮阿媽希望恁小弟會當認祖歸宗。	她臨終之前，對於沒有男丁很在意，爸爸當時有告訴她……妳弟弟……你們的存在。這件事一直被壓著，連續兩場喪事，讓家母精疲力竭，總之，她同意了，傳達先人的遺願，我奶奶希望妳弟弟能認祖歸宗。
沉默。 弟弟看向兩個姊姊。		
盧佳惠	我捌Google過，毋過看無彼認領的程序，啊……人攏無佇咧矣敢閣有需要辦領養？傷複雜矣……，而且恁媽媽敢會同意？	我有Google過，看不懂規定的認領流程，還是說人不在之後要走領養？太複雜了……，妳媽媽同意了嗎？
陳嘉玲	若是恁小弟放棄財產繼承權，伊就同意。	如果妳弟放棄財產繼承權，她就同意。

盧佳嘉	「認領、領養，請用領養代替買賣」按呢喔？講予清楚，毋管欲認毋認，阮攏無稀罕恁的錢。	認領、領養，請以領養代替購買這樣嗎？說清楚，不管認不認，我們都不稀罕妳們的錢。
盧佳華	「二姐」等一下……，（對陳嘉玲）妳拄才講恁阿媽希望我認祖歸宗？	二姊等一下……，（對陳嘉玲）妳剛剛說妳奶奶希望我認祖歸宗。
陳嘉玲	這馬嘛是恁阿媽。	現在也是你奶奶。
盧佳華	按呢「大姊」佮「二姊」咧？	那我大姊、二姊呢？
陳嘉玲	個干焦討論你的部分。	她們只討論你的部分。
盧佳嘉	我拄才就講矣，阮就無重要毋（m̄）。	我一開始就說了，我們不重要。
盧佳華	恁攏知矣喔？	妳們都知道嗎？
盧佳惠	頂擺佇病院你入去的時陣，伊已經共阮講矣。	上次在醫院，你進去的時候，她已經告訴我們了。

盧佳華	啊恁同意喔？	妳們同意？
盧佳嘉	我無喔，我講愛問你。	我沒有，我說要問你。
盧佳華	若我是無愛喔！認祖歸宗到底會當創啥？這敢真重要？	我的答案是不要，認祖歸宗到底可以幹嘛？這很重要嗎？
陳嘉玲	序大人會煩惱以後無人會當「捀斗」。	長輩會擔心以後沒有人可以「捀斗」。
盧佳華	妳敢袂使？	妳不行嗎？
陳嘉玲	我干焦是傳達阿媽的意思。	我只是傳達奶奶的意思。
盧佳嘉	啊妳咧？	那妳呢？
陳嘉玲	我？	我？
盧佳嘉	妳拄才講恁阿媽的意思，那按呢妳的意思咧？	妳剛剛說了妳奶奶的意思，那妳的意思是？
陳嘉玲	我覺得阮媽真可憐。	我覺得我媽很可憐。

沉默。		
盧佳惠	誠失禮。	對不起。
盧佳嘉	哪著會啥物失禮？	沒什麼好對不起的。
盧佳華	媽媽可能根本都毋知。	可能……媽媽根本不知道。
盧佳嘉	伊哪有可能毋知。	她怎麼可能不知道。
盧佳華	我無欲改姓喔。	我沒有要改姓。
沉默。		
盧佳華	我已經二十歲矣呢，恁敢會使莫閣共我當作囡仔，我先唱明的喔，我無欲改姓，綴媽媽姓真好，我已經真慣勢我的名啊，我無欲改姓！	我已經成年了，妳們不要再把我當小孩。我先說清楚，我沒有要改姓，跟媽媽姓很好，我很習慣我的名字了，我沒有要改姓。
陳嘉玲	我了解矣，我會轉達這个決定。	我了解了，我會轉達這個決定。
盧佳華	而且我感覺捀斗這件代誌一點仔意義都無。	我覺得捀不捀斗一點意義都沒有。

陳嘉玲	你已經捀矣。	你已經捀了。
盧佳華	是彼个法師硬挾過來的呢。	是那個法師硬塞過來的。
陳嘉玲	無要緊，我嘛無咧信遮。	沒關係，我不信這些。
盧佳華	歹勢乎，我嘛無欲佮妳搶的意思。	對不起，我沒有要跟妳搶。
陳嘉玲	我了解……，今仔日多謝恁，我轉去會好好仔轉達恁的意思。	我了解……，今天謝謝你們，我回去會好好傳達你們的意見。
陳嘉玲拿出包包，準備起身離去。		
盧佳惠	等咧！阮可能需要一寡仔時間討論。	等一下！麻煩妳等一下，我們可能需要一點時間討論。
陳嘉玲	若按呢，我敲一下仔電話咧。	那我撥個電話。
陳嘉玲拿著手機走到遠方。		
盧佳嘉	欲討論啥？	討論什麼？

盧佳惠	媽共我講過，無愛錢嘛無愛土地佮厝，伊干焦希望弟弟會當替陳家傳宗接代。	媽媽跟我說過，不要錢也不要土地、房子，她只希望弟弟能幫陳家繼承香火。
盧佳嘉	妳佮媽啥物時陣講遮的？	妳跟媽媽什麼時候講到這個？
盧佳惠	莫管啦，這就是媽媽的願望。	不要管，媽媽的願望就是這樣。
盧佳華	「大姊」，妳聽我講喔，我無欲傳宗接代，閣較無欲改姓。	姊，妳聽我說，我沒有要繼承香火，更沒有要改姓。
盧佳惠	我捌答應媽媽，毋管以後你會按怎看爸爸……，你是陳家的囝。	我答應過媽媽，不管你之後會怎麼看爸爸……，你是陳家的孩子。
盧佳華	我毋是陳家的囝，我姓盧。	我不是陳家的孩子，我姓盧。
盧佳惠	你毋聽姊姊的話，嘛愛聽媽媽的話。	你不聽姊姊的話，也要聽媽媽的話。
盧佳華	我無欲姓陳。	我不要姓陳。
盧佳嘉	妳早就知矣，敢毋是。	妳很早以前就知道了對不對？

盧佳惠	這馬講這是欲創啥。	現在講這個幹嘛。
盧佳嘉	妳早就知矣，是按怎毋共我講？	妳早就知道了，為什麼不跟我說？
盧佳惠	妳這馬是按怎，煞矣袂？	妳現在是怎樣，夠了沒？
盧佳嘉	無啊，咱就是偷生的。	沒怎樣，我們就是私生子。
盧佳惠	「非婚生子女。」	非婚生子女。
盧佳嘉	偷生的就是偷生的，改名抑是換姓攏全款。	私生子就私生子，換名稱還是改姓都一樣。
盧佳惠	「盧佳嘉」！	盧佳嘉！
盧佳嘉	我講莫叫我的全名！媽媽逐擺罵人攏叫全名，妳毋是媽媽，妳嘛毋免擔這个責任！	說了不要叫我全名！媽媽每次罵人都叫全名，妳不是媽媽，妳也不用扛起這個責任！

盧佳惠的手機震動，她拿出來按掉。沉默。

盧佳嘉	妳的手機仔無電抑是關機進前，伊就是會一直敲，逃避嘛無路用。這馬講予清楚，我是去病院彼工才知的，弟弟嘛是。抑妳咧？妳是啥物時陣知的？	在妳手機沒電或是關機之前，他就是會一直打來，只是逃避是沒用的。妳現在回答我，我是去醫院那天才知道的，弟弟也是。那妳呢，妳什麼時候知道的？
沉默。		
盧佳嘉	爸爸是前年才去中國吃頭路，毋是像媽媽講的，十外冬來攏佇中國予人倩，這寡代誌妳早就知矣對著無？	爸爸根本是前年才去中國工作，不是像媽媽說的十幾年都在當臺幹，這些事情妳早就知道了嗎？
盧佳惠	妳敢知影我國小換過三間學校？	妳知道我國小讀了三間嗎？
盧佳嘉	啥？	什麼？
盧佳惠	我讀過三間國小，第一間阮導仔看著我的資料，掠準講我無老爸，掠我去問，我才八歲呢，是會曉講	我讀了三間國小，第一間的班導師看到學生資料，以為我是單親家庭，把我找去約談，我才八歲欸，

	啥；第二間嘛差不多，老師無講，毋過有同學的爸爸是家長會長，特別吩咐𪜶囝莫佮我耍；閣來是第三間，我毋知影𪜶是按怎撨的，橫直就是撨好矣，這條路已經撨甲好勢溜溜，偌利便咧。規尾恁攏佮我讀仝間國小、國中、高中，一路通到尾。	有什麼好談的；第二間也差不多，導師沒說，但是班上有學生的爸爸是家長會長之類的，特別叮嚀他的小孩不要跟我做朋友；然後是第三間，我不知道他們是怎麼處理的，總之就是處理好了。這是條已經處理好的路，多麼方便，所以你們都跟我讀一樣的國小、國中、高中，一路直升到最後。
盧佳嘉	逐个老師攏知影我是恁妹妹，就是這个原因？	每個老師都知道我是妳妹妹，是因為這樣嗎？
陳嘉玲回來。		
盧佳嘉	妳解說予我聽啊！	妳回答我！

盧佳惠	我嘛真痛苦啊，恁敢捌想過我的感受！明明是個的祕密，是按怎我著愛做伙擔……？媽無欲破壞別人的家庭，伊講是伊代先熟似爸爸，阿媽講啥物門不當戶不對，毋予個做伙，愛爸爸去娶好額人的千金。別人攏毋相信伊，咱敢免共伊佝。（對陳嘉玲）阮媽媽已經無佇咧矣，我代替伊共妳、佮恁媽媽會失禮，我知影講啥物攏無效，嘛毋知影愛做啥才會當彌補，毋過阮無欲佮妳搶啥，這點請妳相信。	我也很痛苦好不好，妳有沒有想過我的感覺！明明是他們的祕密，為什麼我也要一起承擔……？媽沒有要破壞別人的家庭，她說她跟爸爸先認識的，說什麼門不當戶不對，是奶奶不讓他們在一起，奶奶要他去娶另一家的千金。別人都不相信她，至少我們要相信她。（對陳嘉玲）我媽媽已經不在了，我代替她跟妳、跟妳的媽媽道歉，說什麼都沒有用，我不知道該做什麼才能夠彌補，但是我們沒有要跟妳們搶什麼的意思，請妳相信這點。
盧佳嘉	妳真正足超過，是按怎毋共阮講？	妳很過分，妳為什麼不跟我們說？
盧佳惠	媽叫我莫講。	媽媽拜託我不要說。

盧佳嘉	伊講啥妳就聽啥喔。	她說什麼妳就聽什麼噢。
盧佳惠	我真欣羨妳。	我很羨慕妳。
盧佳嘉	妳到底啥物時陣知的？	妳到底什麼時候知道的？
盧佳惠	一年仔，八歲。這个祕密我守欲二十年矣，按呢妳有滿意無。就算媽媽是「小三」，「小三」的囡仔是閣按怎，咱是佗位做毋著？咱敢有通揀？而且，啥物第三者，彼是社會規範的產物，有一寡所在，親像回教國家就無這个概念矣。若是講第三者就是較慢來的人，先來的是大某，這馬媽媽先去做仙矣，爸爸才去，那按呢媽媽毋就變大某矣？	小學一年級，八歲，我守這個祕密快二十年了，這樣妳滿意了嗎？就算我們媽媽是小三好了，小三的小孩怎麼了，我們做錯了什麼嗎？這是我們選擇的嗎？而且，所謂的第三者，那都是社會規範下的產物，有些地方、像是回教國家就沒有這種概念。如果第三者就是晚到的人，先來了第一個、第二個，第三個到的人就是第三者，媽媽先去陰間了，爸爸才去，那這樣媽媽就是大老婆

	按呢是毋是算扯（tshé）平矣？	了吧？現在這樣當作扯平可不可以？
盧佳嘉	妳實在有夠譀的。	妳真的很荒謬。
盧佳惠	對，我上譀，妳上巧，上勢讀冊，妳講的攏著，咱就是偷生的。	對，我荒謬，妳最會念書，妳最聰明，妳說得都對，我們就是私生子。
盧佳華	無恁是煞矣袂啦。	妳們好了啦。
盧佳嘉不小心把自己的帆布包打掉，菸盒掉出來，她沒有理會。陳嘉玲撿起菸盒，看了一眼，坐在原處點菸開始抽。		
盧佳華	我毋管媽媽按怎共妳交代的，我袂改，毋管我姓陳、抑是姓盧，爸爸就是爸爸，媽媽就是媽媽，這攏袂改啦。	我不管媽媽怎麼跟妳交代的，我不會改的，不管我姓什麼、不姓什麼，爸爸就是爸爸，媽媽就是媽媽，這些都不會改。
盧佳嘉	「大姊」應該了解你的意思矣啦。	大姊應該懂你意思了。

盧佳惠	你另工家己去共媽媽講……，愛三个聖筊。	你改天自己去跟媽媽講……，要三個聖筊才算。
盧佳華	敢愛跪咧問？	要跪著問嗎？
盧佳惠	由在你啦！	隨便你啦！
盧佳嘉	你煞袂曉紮你的瑜伽墊去跪喔。	你帶你的瑜伽墊去跪不會噢。
沉默。		
陳嘉玲	恁敢討論煞矣？	你們討論完了嗎？
盧佳惠	（對陳嘉玲）差不多矣啦，愛麻煩妳替阮轉達。	（對陳嘉玲）我想大概是這樣，要麻煩妳轉達妳的家人……
陳嘉玲	我了解。	我明白。
盧佳惠	實在真歹勢。	真的很不好意思。
陳嘉玲	若是會用得，我嘛想欲綴媽媽姓……，像我按呢……，我嘛無想	如果可以的話，我也想跟媽媽姓……，現在這樣不是我想要的，

	欲做陳家的人。	我也沒那麼想當陳家的人。
停頓。		
盧佳嘉	無你敢欲佮恁母仔討論看覓咧？	那妳要不要跟妳媽討論看看？
沉默。		
陳嘉玲	這應該無可能。	我沒想過有這個可能。
沉默。		
陳嘉玲	恁敢有面冊抑是LINE？	你們有臉書或是LINE嗎？
盧佳華	我有IG。	我有IG。
盧佳惠	你毋是有面冊？進前換彼「彩虹頭像」啊。	你不是有臉書帳號？之前才換了彩虹頭像？
盧佳華	妳閣偷看我的電腦！	妳又偷看我電腦！
盧佳嘉	猶無……欲來加朋友無？	……大家要加好友嗎？
四人拿出手機。		

陳嘉玲	我較過可能愛去「中國」處理爸爸的房地產，若是有代誌，用面冊抑是LINE聯絡攏會使，我若「翻牆成功」就會回。	我之後可能要去「中國」處理爸爸的房地產，之後如果有事，用臉書或LINE聯絡都可以，我翻牆成功就會回。
盧佳嘉	妳的面冊是？	妳的臉書帳號是？
陳嘉玲	「Jia-lin chen」。「Lin」是「Lin」爾（nia），無「g」，著，彼个。	「Jia-lin chen」。「Lin」是「Lin」而已，沒有「g」，對，那個。
盧佳惠	「陳嘉玲」？	陳嘉玲？
陳嘉玲	「嘉義」的「嘉」。	嘉義的「嘉」。
盧佳惠	好，我到時陣嘛揀一个LINE群組？	我先加妳，到時候也拉一個LINE對話群組？
陳嘉玲	好。	好。
盧佳嘉	陳姓號名實在足無用心。	陳先生取名字真的很不用心。

陳嘉玲	我進前捌佮伊花過，伊講二十歲以後想欲按怎改就按怎改，但是這馬已經慣勢矣⋯⋯。阮媽媽閣咧等，我先來去。	我以前跟他抱怨過，他說二十歲之後想怎麼改就怎麼改，但是現在已經習慣了⋯⋯。我媽媽還在等，我得離開了。
盧佳惠	多謝妳，閣有恁媽媽，若有機會阮才閣去共伊請安⋯⋯，共伊會失禮。	真的謝謝妳，還有妳媽媽，也許有機會讓我們登門道謝⋯⋯，還有道歉。
陳嘉玲	阮媽今仔日就會轉去醫院繼續治療矣，所以無法度遮爾緊閣見面，大概愛過一站仔⋯⋯。毋過我會先共伊戳（thok）頭一下，我先來去矣⋯⋯，就按呢，今仔日袂使講「再見」。	我媽今天就回醫院繼續治療了，所以沒辦法那麼快見面，大概要再過一陣子⋯⋯。不過我會跟她溝通看看，我先走了⋯⋯，就這樣，今天不能說再見。

陳嘉玲起身，對三人點頭，三人也對她點頭。

陳嘉玲往外走。

盧佳惠	陳嘉玲
攏加朋友矣，妳若有轉來就講一聲，咱四个，揣時間做伙食飯？	好。
既然都是臉書朋友了，等妳回來說一聲……，我們四個，找時間一起吃飯？	好。

第二場

▼舞臺：豪宅的樓梯空間。
四人或坐或站。

陳嘉玲	我愛替阮阿舅會失禮。阮媽媽原本按算中晝才出院，想袂到𪜶提早過來。	我要替我舅舅道歉。媽媽預計中午才出院，沒想到他們提早過來。
盧佳惠	是我無看著妳的「簡訊」啦，阮應該愛先佇樓跤等……	是我沒看到妳傳的簡訊，應該先在樓下等的……
陳嘉玲	等一下恁敢有代誌？	你們等一下有事嗎？
盧佳惠	無。	沒有。
陳嘉玲	若按呢我共管理員講一下，恁先去樓尾頂的 Lounge Bar 坐一下，等𪜶離開，我才共恁講。	我跟管理員說一聲，你們先去頂樓 Lounge Bar 坐一下，等到他們離開，我再通知妳。

盧佳嘉	阮公司干焦會當請半工假……，抑無咱暗時才閣來？	公司只讓我請半天假……，還是我們晚上再來？
盧佳惠	到時陣儀式就結束矣。	那時候儀式就都做完了。
盧佳嘉	儀式爾爾，咱這寡外口偷生的，有拜著無拜著猶無差啊。	不就是儀式而已，我們這些外頭偷生的有沒有拜到根本沒有差。
沉默。		
陳嘉玲	阮阿舅講的話，恁莫掛心。阮媽伊是毋知影欲按怎面對恁，伊捌講過恁會使來……，煞拄好拄著阮阿舅，伊就是彼款予規个家族倖歹的「大男人主義」，明明就是阮兜的代誌，阮兜這馬無查埔的，伊就感覺有資格干涉……，我感覺真歹勢。	我舅舅講的話，你們不要放在心上。我媽只是不知道怎麼面對你們，她說過你們可以來……，結果剛好碰上我舅舅，他就是被整個家族寵壞的大男人主義，明明是我家的事，我家現在沒有男人，他就會覺得有資格干預……，我很抱歉。
盧佳華	佮阮阿舅仝款。	跟我們家的舅舅一樣。

陳嘉玲	恁阿舅嘛是孤囝喔？	你舅舅也是唯一的兒子嗎？
盧佳華	無毋著，這款查埔人……「真的很不行」（華語）。	沒錯，這種男人真的很不行。
陳嘉玲	毋過你嘛是孤囝呢。	不過你也是唯一的兒子。
盧佳華	我無仝款啊。	我不一樣。
陳嘉玲	按怎無仝款？	怎樣不一樣？
盧佳華	就是……佮𪜶無仝款啦。	就是……跟他們不一樣。
燈暗。		
盧佳惠	是按怎！	怎麼了！
陳嘉玲	「節能綠建築」，遮的電火是感應式的。	節能綠建築，這裡的燈是感應式的。
陳嘉玲向空中揮揮手。		
燈亮。		

陳嘉玲	愛按呢擛才有效，無感應袂著。	要這樣揮才有用，不然感應不到。
盧佳嘉	妳定定來樓梯間仔喔？	妳常常來樓梯間嗎？
陳嘉玲	Hènn。	還可以。
盧佳嘉	哪毋去樓頂的 Lounge Bar？	不去頂樓 Lounge Bar？
陳嘉玲	四界攏有人綴咧相，我無佮意。	到處都有人盯著，我不喜歡。
盧佳惠遞上蛋糕。		
盧佳惠	啊，我驚袂記得。這，爸爸佮意的，紅葉蛋糕。	啊，我怕忘記。這個，爸爸喜歡的，紅葉蛋糕。
陳嘉玲	啥物口味？	什麼口味？
盧佳惠	「芋泥鮮奶油。」	芋泥鮮奶油。
陳嘉玲	我訂毋著矣……，阮媽干焦講是「紅葉」，袂記得口味，我訂的是「鮮奶油巧克力。」	我訂錯了……，我媽只說是紅葉，不記得口味，我訂了鮮奶油巧克力。

盧佳惠	攏真好食。	都很好吃。
陳嘉玲	若按呢較晏才做伙食。	那晚點一起吃。
陳嘉玲從袋子裡拿出立牌，看著立牌。		
陳嘉玲	生日快樂。	生日快樂。
盧佳惠	應該是舞毋著矣，我有共小姐講免呢。	應該是弄錯了，我有跟店員說不用。
陳嘉玲	對年矣，伊若無做啥物歹代誌，嘛應該投胎矣。	一年了，他沒做什麼壞事的話，可能也投胎了吧。
盧佳惠	妳敢捌夢著伊？	妳有夢過他嗎？
陳嘉玲	無呢。毋知阮媽敢有。抑恁咧？	我沒有。不知道我媽怎樣。你們呢？
盧佳惠	爸爸頭七的時陣，阮佇厝裡掖麵粉，對（uì）門跤口按呢掖入來，客廳、灶跤、房間、走廊、涼臺，掖甲滿	爸爸頭七的時候，我們有在家裡灑麵粉，從大門一路灑進來，客廳、廚房、房間、走廊、陽臺全部灑滿

	四界，聽講若轉來會有跤跡。	了，聽說如果有回來會有腳印。
陳嘉玲	結果咧？	結果呢？
盧佳嘉	干焦有貓仔的。	只有貓的腳印。
陳嘉玲	陳姓投胎變貓仔喔？	陳先生投胎變貓了？
盧佳嘉	阮兜的貓仔啦。	我家的貓啦。
陳嘉玲	阮媽會過敏，厝裡袂當飼動物……。毋捌夢過，嘛無轉來，那按呢伊應該已經走矣。	我媽會過敏，家裡不能養小動物……。沒有夢，也沒有回來，那他應該已經走了吧。
沉默。		
盧佳華	毋過阮媽媽有轉來過喔。有幾號擺半暝仔，我攏有聽著阮媽媽穿淺拖仔行去便所的聲音，閣有幾擺仔，有聽著掀電鍋蓋的聲，灶跤的菜看起來嘛予人僥過。敢若是，媽媽想	不過我媽有回來過。我有幾次半夜，都聽到我媽穿著拖鞋走去廁所的聲音。有時候，還有打開電鍋蓋子的聲音，廚房的菜也看起來被翻過。感覺像是，媽媽想知道我們有

	欲知影阮有好好仔食飯無。	沒有好好吃飯。
燈暗。 四人小聲驚呼。		
盧佳惠	阿娘喂！	我的媽呀！
陳嘉玲揮揮手。 燈亮。		
陳嘉玲	我閣先來去看一下，恁敢欲去樓尾頂等？等辦煞，我才敲予恁。	我該回去了，你們要不要上頂樓等？好了我打電話給妳。
盧佳惠	無要緊，佇遮就好。	沒關係，在這裡就好。
陳嘉玲	好。	好。
陳嘉玲推開安全門走出去。門悶聲關上。 盧佳惠突然站起來。		
盧佳惠	啊，雞卵糕無提！	啊，蛋糕沒拿！

盧佳惠的手機響起。		
盧佳嘉	遮緊喔。	這麼快。
盧佳惠忙亂地翻找手機，拿出來看著螢幕，沒接。盧佳嘉斜眼瞄了盧佳惠一眼。		
盧佳嘉	啊毋是講無咧聯絡矣？	妳不是說沒聯絡了？
盧佳惠把手機按掉。		
盧佳嘉	妳接啊。	妳就接啊。
盧佳惠	無啥物通好講的。	沒什麼好講的。
盧佳惠的手機又響起。盧佳嘉與盧佳華都看著盧佳惠。盧佳惠拿著手機猶豫不決，看著樓梯方向，她接起手機，緩步往下走。		
盧佳惠	遮傷暗矣，等我一下。	這裡好黑，等我一下。
走路聲，盧佳惠的說話聲漸漸變小。		
盧佳華	我有淡薄仔枵矣呢。	我有點餓了。

盧佳嘉	敢欲食雞卵糕？橫直內底應該啥物攏有。	要不要吃蛋糕？反正裡面應該什麼都有。
盧佳華	好。	好。
盧佳嘉、盧佳華拆開蛋糕包裝，弟弟把生日快樂的立牌插上。		
盧佳華	若隨投胎，爸爸嘛一歲矣。	如果立刻投胎，爸爸也一歲了。
盧佳嘉	有可能喔，若是行佇路裡可能閣會叫我阿姨。	有可能，走在路上可能還會叫我阿姨。
盧佳華	「阿姨好。」	阿姨好。
盧佳嘉	無禮貌，「叫姊姊」。	沒禮貌，叫姊姊。
停頓。		
盧佳華	「二姊。」	二姊。
盧佳嘉	你逐擺按呢叫攏無好代誌。	你這樣叫的時候都沒好事。
盧佳華	妳覺得「外遇的基因」敢會遺傳？	妳覺得外遇的基因是會遺傳的嗎？

盧佳嘉	你嘛佮「有婦之夫」咧牽喔？	你也在跟有婦之夫交往喔？
盧佳華	我是咧煩惱「大姊」。	我是擔心大姊。
盧佳嘉	食你的雞卵糕啦，攏無咧食早頓無怪你遮戇。	吃蛋糕啦，老是不吃早餐，難怪你這麼笨。
盧佳華	我才無咧戇咧。	我才不笨。
盧佳惠慢慢走回來。		
盧佳華	咱食雞卵糕。	我們吃蛋糕。
盧佳惠	干焦咱三个，你會當切較大塊咧。	只有我們三個，你可以切很大塊。
燈暗。		
盧佳嘉	嘖。	還來。
三姊弟在黑暗中用力揮手。無用。		
盧佳華	袂著（toh）呢。	不亮欸。
盧佳嘉拿出打火機，點好蠟燭，插上蛋糕。		

盧佳嘉	好矣。	好了。
盧佳嘉將立牌插上。		
盧佳華	生日快樂。	生日快樂。
盧佳嘉	生日快樂。	生日快樂。
盧佳惠	生日快樂。	生日快樂。
盧佳華	「許願」！「大姊」先，一人一个。	許願！大姊先，一人一個。
盧佳惠	希望咱身體健康。	我希望我們都身體健康。
盧佳嘉	我希望有人會當「斬斷孽緣」。	我希望有人可以斬斷孽緣。
盧佳華	我希望咱攏有好桃花。「大姊」，歕蠟燭。	我希望我們都有好桃花。大姊負責吹蠟燭。
盧佳惠把蠟燭吹熄。		
盧佳華	足暗的。	好黑。
三姊弟揮手。燈不亮。		

盧佳華	敢是爸爸咧共咱創治？因為咱共伊的雞卵糕食去矣。	是爸爸在整我們嗎？因為我們把他的蛋糕吃掉。
盧佳惠	你莫講這啦。	你不要講這個。
盧佳華	像較早咱咧洗身軀的時陣，伊上愛來偷關電火，閣一直挵門。	就像洗澡的時候，他最喜歡來偷關燈，然後在外面敲門。
安全門外傳出用力的敲門聲，三下。盧佳惠驚叫出聲。 陳嘉玲開門走進來。 燈亮。		
陳嘉玲	內面閣咧冤家，可能閣愛冤真久，原本看好的時，我看嘛欲袂赴矣，我無想欲插矣。	裡面在吵架，可能要很久，看好的時辰都要過了。我不想管了。
盧佳嘉	以陳姓的個性，伊應該已經去真遠的所在矣。咱就放伊去遊山玩水，莫閣共伊煩矣。	我覺得，以陳先生的個性，他應該已經去很遠的地方了。我們就讓他專心旅行，不要再煩他了。

沉默。

盧佳惠	敢欲食雞卵糕？	要不要吃蛋糕？
陳嘉玲	好啊，我足枵的。	好啊，我好餓。

盧佳華切了一大塊蛋糕遞給陳嘉玲。四人坐在樓梯上，安靜地吃蛋糕。

第三場

▼舞臺：KTV包廂。
震耳欲聾的音樂聲。盧佳華用假音唱蔡依林版本的〈倒帶〉。

<table>
<tr><td>盧佳華</td><td>（唱）「終於明白愛回不來，而你總是太晚明白……」</td><td>（唱）終於明白愛回不來，而你總是太晚明白……</td></tr>
<tr><td>盧佳嘉</td><td>足久無唱歌矣呢。</td><td>好久沒唱歌。</td></tr>
<tr><td>陳嘉玲</td><td>多謝恁陪我來。</td><td>謝謝你們陪我來。</td></tr>
<tr><td colspan="3">盧佳惠翻看點歌本，假裝不經意碰到搖控器，切歌。</td></tr>
<tr><td>盧佳華</td><td>啊，我猶袂唱完呢！</td><td>啊，我還沒唱完欸！</td></tr>
<tr><td>盧佳惠</td><td>哪會無細膩揤著啦，敢是無歌矣。</td><td>怎麼不小心按到，是不是沒歌了？</td></tr>
<tr><td colspan="3">盧佳惠伸手拿起遙控器，盧佳華立刻接過。</td></tr>
<tr><td>盧佳華</td><td>我來啦！</td><td>我來我來！</td></tr>
</table>

盧佳惠	你最近真佮意「蔡依林」乎。	你最近很喜歡蔡依林喔。
盧佳嘉	（對陳嘉玲）妳敢欲唱？	（對陳嘉玲）妳要不要唱？
陳嘉玲	彼个點歌螢幕我無啥會曉用。	那個點歌螢幕我看不太懂。
盧佳嘉	（遮歌本）看這較清楚。	（遮歌本）看這個比較清楚。
陳嘉玲	恁閣欲點啥無？是我招的喔，先講予好，這攤我請！	你們要不要再點什麼？是我約唱歌的，先說好，這攤我請噢！
盧佳惠	妳莫閣按呢矣啦，這擺予阮來……，啊妳這逝轉來欲蹛幾工？敢閣愛隨趕轉去上海？	妳不要又這樣，讓我們來……，妳這次待幾天？也要趕著回上海嗎？
陳嘉玲	應該袂閣過矣，中國的代誌處理甲差不多矣，我嘛無彼个氣力閣按呢飛來飛去……。愛多謝恁紹介的許太太呢，做代誌扭掠（liú-liah）予我真放心，伊來了後阮媽精神有加	應該就待下來了，中國的事情差不多處理完了，我也沒有力氣再飛來飛去……。要謝謝你們介紹的許太太，做事俐落又可靠，她來之後我媽的精神好多了，最近可能可以把

	較好，較過可能會使共「鼻胃管」提掉矣。	鼻胃管拿掉了。
盧佳惠	按呢就好，妳無講許太太是阮紹介的乎？	那就好，不過妳沒說許太太是我們介紹的吧？
陳嘉玲	我才無咧戇咧，當然嘛無。	我才不傻，當然沒有。
盧佳惠	阮媽媽彼當陣，許太太嘛誠鬥相共……，雖然講時間無蓋長……，啊恁阿舅咧？敢一直攏仝彼款？	我媽媽那時候，許太太也幫了很多忙……，時間不長就是了……，妳舅舅一直都那樣嗎？
陳嘉玲	按呢猶閣無算啥咧……，聽講較早伊猶佇公司的時陣閣愈譀，共爸爸派去中國就是伊舞的……，抑閣有啦，是共廠商討コミッション（khoo33 mi55 siong51）討傷濟，有人來公司共伊搤，後來毋才較覕鬚一寡。	今天還算好……，聽說他當初在公司更誇張，把爸爸外派去中國也是他搞的……，是跟廠商收回扣收太兇，有人來公司發黑函，後來才收斂一點。

盧佳惠	是按怎伊猶閣掛總經理？恁媽媽敢攏無意見？	那他為什麼還是掛總經理？妳媽都沒有意見嗎？
陳嘉玲	這件代誌有淡薄仔複雜……	這件事有點複雜……
盧佳惠	恁媽媽人無爽快，妳愛較細膩咧，目睭擘予金，莫予小人掠著空縫烏白舞！	妳媽媽現在生病，妳要小心點，眼睛張大點，不要讓小人趁機作亂！
盧佳嘉	姊，點一鈷燒茶好無？	姊，點壺熱茶好不好？
盧佳華	我想欲啉膨大海。	我想喝膨大海。
音樂聲入，是謝金燕的〈姐姐〉。 盧佳惠拿起遙控器，切歌。		
盧佳華	妳創啥啦！	妳幹嘛啦！
盧佳惠	你莫一直共マイク（mai51 ku11）佔牢牢，嘛愛予別人唱啊。	你不要一直霸著麥克風，讓別人也唱一下。
盧佳華	啊恁著攏無欲唱啊！	妳們就都不唱啊！

陳嘉玲	無要緊啦，弟弟想欲唱就唱。	沒關係，弟弟想唱就唱。
盧佳華	謝謝「嘉玲」姊姊！	謝謝嘉玲姊姊！
盧佳惠把麥克風從弟弟手上拿走，遞給陳嘉玲。		
盧佳惠	伊干焦會曉唱一寡不答不七的，妳唱啦。	他也只會唱一些不三不四的，還是妳唱。
盧佳華	啥物咧不答不七？	怎樣不三不四？
盧佳惠	唱「周杰倫」啊、「林俊傑」啊，莫一直唱查某囡仔的歌。	唱周杰倫啊、林俊傑啊，不要一直唱女生的歌。
盧佳華	我唱查某的歌是按怎？	我唱女生的歌怎麼了？
沉默。		
盧佳惠	就不答不七。	就不三不四。
盧佳華	我唱我想欲唱的歌，是按怎不答不七？	我唱想唱的歌，怎樣不三不四？

盧佳嘉	姊……	姊……
盧佳惠	明明就查埔的，閣欲別人叫你姊姊，有夠奇怪呢。	好好一個男生，幹嘛要人家叫你姊姊，很奇怪。
音樂聲入，是周杰倫的〈千里之外〉。		
盧佳嘉	欸，我點的「周杰倫」來啊，無做伙唱啦。	欸，我點的周杰倫來了，不然一起唱？
沉默。		
盧佳嘉	啥人欲替我唱「費玉清」？	誰幫我唱一下費玉清？
沉默。		
盧佳嘉	無我唱「費玉清」嘛會使。	我唱費玉清也可以。
陳嘉玲拿起麥克風。		
陳嘉玲	妳「周杰倫」，我「費玉清」。	妳周杰倫，我費玉清。
兩人正要開口，盧佳華拿起遙控器切歌。		

盧佳華	為啥物個會使唱查埔的歌，我袂使唱查某的歌？	為什麼她們可以唱男生的歌，我不能唱女生的歌？
盧佳惠	就足奇怪的啊。	就很奇怪啊。
盧佳華	是佗位咧奇怪？我按怎妳攏講奇怪，啊無到底是佗位咧奇怪，妳毋著共我講。	哪裡奇怪？我怎樣妳都說奇怪，到底哪裡奇怪，妳告訴我。
停頓。		
盧佳華	佗位啊？	哪裡？
盧佳惠	你莫閣按呢不答不七啦。	你不要這樣不三不四。
盧佳華	到底啥物叫不答不七？	到底怎樣是不三不四？
盧佳惠	你愈來愈不男不女。	你愈來愈不男不女。
盧佳嘉	妳是咧講啥啦！	姊，妳在說什麼啦！
盧佳惠	你是愛負責傳宗接代的呢！咱兜就干焦你呢！	你是要負責傳宗接代的！我們家就只有你了！

盧佳嘉	姊仔，好矣。	姊……，可以了。
盧佳華	我著無愛啊。	我就沒有要。
盧佳惠	無愛啥？無愛結婚喔？會使啊！你會使綴流行莫結婚，毋過你愛負責生！	沒有要什麼？沒有要結婚嗎？可以！你可以跟流行不結婚，但你要負責生。
盧佳嘉	這閣是啥人共妳講的？媽喔？抑是妳家己感覺的？	這又是誰跟妳講的？媽媽嗎？還是妳自己覺得？
盧佳惠	我昨暝夢著爸爸媽媽，個……	我昨天夢到爸爸跟媽媽，他們……
謝金燕的〈姐姐〉旋律出。盧佳惠拿起遙控器，用力按了好幾下切歌。		
盧佳惠	我夢著爸爸媽媽，個那食飯那對我笑。我知道個真煩惱你，爸爸媽媽攏無佇咧矣，你就是我的責任。	我昨天夢到爸媽，他們正在吃飯，對著我笑。我知道他們很擔心你，爸媽都不在了，你就是我的責任了。

盧佳華	我是我家己的責任，妳對妳家己負責就好矣。	我是我自己的責任，妳對妳自己負責就好了。
盧佳嘉	妳等咧，𪜶敢有講啥？	妳等一下，他們有說什麼嗎？
盧佳惠	𪜶一直笑，一直笑。	他們一直笑，一直笑。
盧佳嘉	閣有無？夢裡閣有啥？	然後呢？夢裡還有什麼？
盧佳惠	𪜶咧食飯，我佇邊仔咧拗蓮花。	他們吃飯，我坐在旁邊摺紙蓮花。
盧佳嘉	那按呢阮咧？我佮弟弟咧？𪜶敢有講啥物？	那我們呢？我跟弟弟呢？他們有說什麼嗎？
盧佳華	𪜶根本就無講話，是妳家己想傷濟好無。	他們根本沒說，是妳自己解讀過度。
盧佳惠	毋過我知，我知影𪜶的意思。	但是我知道，我知道他們的意思。
謝金燕的〈姐姐〉旋律再出，盧佳華拿起麥克風。		
盧佳華	我無想欲佮妳諍這啦。	我不想跟妳爭論這個。

盧佳惠	你閣唱。	你還唱。
盧佳華	遮是 KTV 我為啥物袂當唱？	這是 KTV 我為什麼不能唱？
盧佳惠	你到底、是按怎會變甲按呢，爸媽過身了後你規个人攏變矣呢，愈來愈無聽話，我是佗位做毋著予你按呢對待我？	你到底、為什麼會變成這樣，爸媽死後，你就整個變了，愈來愈不聽話，我做錯了什麼讓你這樣對我？
盧佳華	我就毋知影我為啥物需要傳宗接代，恁就毋免。	我不懂我為什麼需要傳宗接代，妳們就不用。
盧佳惠	毋知影啥？	有什麼好不懂的！
盧佳華	恁敢袂生？	妳們就不能生嗎？
盧佳嘉	其實有一寡國外的「精子銀行」，無結婚的查某囡仔嘛會當家己生，去美國、加拿大較貴，毋過若是去東南亞的病院，六、七十萬應該就會當生一个矣。	其實有些國外的精子銀行，單身的女生也可以自己生，去美國、加拿大比較貴，但如果去東南亞的醫院，六、七十萬應該就可以生一個。

盧佳華	著啊，恁嘛會使傳宗接代啊！	對啊，妳們也可以傳宗接代啊！
盧佳惠	彼無仝款啦。	那不一樣。
盧佳華	佗位咧無仝款，若是干焦姓的問題，按呢予囡仔綴媽媽姓就好矣啊。	哪裡不一樣？如果只是姓氏，那讓小孩從母姓就好。
盧佳惠	阮生佮你生無仝款！	我們生跟你生不一樣！
盧佳嘉	咱敢就愛冤這？	我們真的要吵這個嗎？
盧佳惠	無冤，是討論。	沒有吵，只是討論。
盧佳華	妳一直逼我做我無想欲做的代誌，這算啥物討論？	妳一直逼我做我不想做的事，這算什麼討論？
盧佳惠	橫直你莫做彼寡奇奇怪怪的代誌，莫看遐的奇奇怪怪的網站。	總之你不要做奇奇怪怪的事，不要看那些奇奇怪怪的網站。
沉默。		

盧佳華	好，既然「大姊」攏按呢講矣，我有代誌欲宣布。	好，既然大姊都這樣說了，我有事情要宣布。
盧佳惠	（怒吼）你毋准講！	（怒吼）你不准說！
沉默。		
盧佳華	閣毋講著袂赴啊。	再不說就來不及了。
盧佳惠	那按呢你就莫去！	那你就不要去！
盧佳華	妳敢知影我欲去佗？	妳知道我要去哪裡嗎？
盧佳惠拿出皮夾，拿出一張薄薄的單據，壓在弟弟眼前。盧佳華拿起來看。		
盧佳華	予我這創啥。	給我這個幹嘛。
盧佳嘉	啥？計程車收據喔？	什麼，計程車收據噢？
盧佳華	妳這馬提這出來欲創啥啦？	妳現在拿出這個要做什麼？
盧佳惠	你看予斟酌！媽媽這世人的收據就生做這款，就是這張紙。	你好好看清楚！媽媽這輩子的收據就長這樣，就是這張紙。

盧佳嘉	妳敢有需要共死亡證明書按呢紮牢牢？	妳幹嘛隨身攜帶死亡證明書。
盧佳惠	我歡喜。	我高興。
盧佳華	妳歡喜？我看妳從來就毋捌歡喜過！妳的人生敢捌做過予家己歡喜的代誌？妳規工像顧賊仔按呢共我顧牢牢，偷看我的電腦佮手機仔，我的人生是我家己的代誌，妳敢會使莫煩惱？去找寡對妳來講有意義的代誌做敢毋好！	妳高興？我看妳從來都沒有高興過！妳的人生有做過讓自己高興的事嗎？妳整天像防賊一樣盯著我，偷看我的電腦跟手機，我的人生是我自己的事情，妳可以不要一直介入嗎？妳去找點有意義的事情做可不可以！
盧佳嘉	煞矣袂，恁這馬攏恬去，莫講會予家己後悔的話。	好了，你們可以了。你們現在閉嘴，不要說出讓自己後悔的話。

沉默。

盧佳嘉把單據小心摺疊，拿出皮夾收好。

盧佳惠	還我。	還我。
盧佳嘉	這馬開始，輪流保管。	現在開始，輪流保管。
盧佳惠	橫直我猶閣有。	反正我還有。
沉默。		
弟弟拿起遙控器，不斷按催歌。		
陳嘉玲	佇夢裡，伊看起來敢好？	在夢裡面，他看起來好嗎？
沉默。		
盧佳惠	真好啊。	滿好的。
陳嘉玲	伊穿啥？	他穿什麼？
盧佳惠	就仝款。短裲仔「Polo 衫」，西裝褲，掛彼副目鏡。	就一樣。短袖 Polo 衫，西裝褲，戴那副眼鏡。
陳嘉玲	氣色咧？	氣色好嗎？
盧佳惠	真好啊，紅牙仔紅牙。	很好，很紅潤。

陳嘉玲	按呢就好……，我佮媽媽攏毋捌夢過伊，原來伊攏佇恁遐。	那就好……，我跟媽媽都沒有夢過他，原來他都在你們那邊。
盧佳惠	這幾冬妳攏佇中國，恁媽媽攏佇病院，爸爸可能揣無人……	妳這幾年都在中國，妳媽都在醫院，爸爸可能找不到人……
盧佳嘉	我嘛無夢過。	我也沒夢過。
盧佳華	我嘛無。	我也沒有。
盧佳嘉	譁（hoch），伊大細心。	爸爸偏心。
陳嘉玲	伊就「負心漢」啊。（對弟弟）你毋通佮恁爸全款呢。	他就負心漢啊。（對弟弟）你不要跟你爸一樣。
盧佳嘉	欸，我雄雄感覺伊這个角度佮爸足成的。	妳這樣一說，我覺得他的側臉跟爸好像。
盧佳華	佗位成，我「瓜子臉」呢！	哪裡像，我瓜子臉欸！
陳嘉玲	有影呢，目眉佮目睭結做伙的時陣嘛誠成呢。	真的有像，眉毛、眼睛皺起來的樣子也像。

盧佳華	我目睭遐媠，較成媽媽好無！	我眼睛這麼漂亮，比較像媽媽好不好！
盧佳惠	總講一句，你莫佮恁爸爸仝款啦。	總之你不要跟你爸一樣。
盧佳華	無可能啦。	不可能啦。
謝金燕的〈姐姐〉旋律又出現了。		
盧佳惠	你到底是點幾擺「姐姐」！	你到底點了幾次〈姐姐〉！
盧佳華	三擺，三个「姐姐」，一人一擺較公平。	三次，三個姊姊，一人一次比較公平。
停頓。		
盧佳嘉	你緊唱啦，無一直「跳針」。	你快唱啦，不然一直跳針。
盧佳華	按呢姊姊嘛做伙唱。	那姊姊們也一起唱。
盧佳惠	這條我袂曉啦。	我不會唱這首。
盧佳華	小聽咧就會曉啊啦。	聽一下就會了。

盧佳惠	莫啦。	不要啦。
盧佳華	按呢妳家己點一條，妳攏無唱。	那妳自己點一首，妳都沒唱。
盧佳惠走去點歌臺坐下，操作螢幕。		
盧佳惠	這馬的歌我攏嘛袂曉唱矣……，啊這是欲按怎用？	現在的歌我都不會唱了……，這要怎麼用？
盧佳華按下切歌鈕。		
盧佳惠	予你唱閣毋唱。	給你唱又不唱。
盧佳華	我共妳教啦。	我教妳啦。
盧佳惠	無你今仔日到底是來唱歌抑是切歌的……，「ㄅㄆㄇ點歌」是啥？	今天到底是來唱歌的還是來切歌的……，「ㄅㄆㄇ點歌」是什麼？
盧佳華	妳乎，直接看「懷舊金曲」較緊啦。	妳吼，直接看「懷舊金曲」比較快。
盧佳惠	無禮貌。	你很沒禮貌。
盧佳華	閣兼無衛生。	兼沒衛生。

盧佳惠	三八。	三八。
盧佳華	我就三八，無妳敢毋知。	我就三八，妳不知道噢？
兩人點選螢幕。		
盧佳華	妳欲唱啥人的歌啦？	妳要唱誰的歌？
盧佳惠	我毋知是啥人唱的……，用歌名點的彼是愛揤佗位？	我不知道原唱是誰……，用歌名點的那個在哪裡？
盧佳華操作螢幕。		
盧佳惠	啊有矣，這條。	有了，這首。
盧佳華	「大姊」……，我有代誌欲共妳講。	姊……，我有事要跟妳說。
沉默。		
盧佳惠	轉去厝裡才講。	回家再說。
盧佳嘉	予講啦。	就讓他說。

盧佳惠	佇外口是欲按怎講。	在外面怎麼說。
盧佳嘉	遮抑無外人啊。	這裡沒有外人。
停頓。		
盧佳嘉	予個彼邊知嘛好啦。	她們那邊知道也好。
陳嘉玲	啥物代誌？	什麼事？
盧佳惠	你先共我去跋桮問媽媽。	你先給我去擲筊問媽媽。
盧佳嘉	「華華」已經問過矣。	華華已經問過了。
盧佳惠	妳莫插喙。	妳不要講話。
盧佳華	我問過矣，連紲九擺，攏是象桮。	我問過了，連續九次，都是聖筊。
盧佳嘉	你問遐濟擺是欲創啥啦？	你問那麼多次幹嘛？
盧佳華	我驚「大姊」會花啊……，「大姊」，妳聽我講。	我怕大姊不認帳……，大姊，妳聽我說。
盧佳惠	我無欲聽。	我不要聽。

盧佳華	妳閣咧「瓊瑤」啊。	妳又開始演瓊瑤。
盧佳惠	你欲按怎由在你，莫共我講。	你想怎樣隨便你，不要告訴我。
盧佳華	我是欲講，手術無啥物風險，妳免煩惱啦。	我只是想說，手術的風險很小，妳不要太擔心。
陳嘉玲	啥物手術？	什麼手術？
長沉默。		
盧佳嘉	你欲家己講，抑是我講？	你想自己說，還是我說？
陳嘉玲	敢會危險？	會危險嗎？
盧佳惠	會死人呢。	危險得要死。
盧佳華	無遮譀啦。	沒有那麼誇張。
盧佳惠	若無細膩可能會死啦。	不小心可能會死掉的。
盧佳華	佇ＫＴＶ包廂內底攏有可能予銃子彈著，每一个人每一工攏有可能	在ＫＴＶ包廂都有可能被流彈打到，每個人每天都有可能會死掉，

	會死去，我無想欲用我無愛的身軀活咧！	我不想要用我不想要的身[illegible]去！
盧佳惠	早就叫你莫去考彼个啥物「性別所」！	早就叫你不要去考那個什麼性別所！
盧佳華	我猶考無著矣！	我又沒考上！
停頓。		
盧佳惠	全款啦！	一樣啦！
陳嘉玲	是……「切除手術」？	是……切除手術嗎？
盧佳惠	袂當切！啥物攏袂當切！	不准切！什麼都不准切！
盧佳嘉	啥啦！妳叫是是烏白切喔！	切什麼！妳以為是滷味拼盤噢！
盧佳華	無欲切啦，我就……（以下欲言又止，自行發揮）	沒有要切，總之，這次不是這種……
謝金燕的〈姐姐〉旋律再出。		

盧佳惠	我切掉。	我切掉。
盧佳惠	你袂當切！	你不准切！
盧佳華	歌啦，我共歌切掉，其他的無欲切啦。	歌啦，我把歌切掉，其他沒有要切。
盧佳惠	敢真正無欲切？	真的沒有要切？
盧佳嘉	妳真正足奇怪的呢……，講甲攏枵矣，時間欲到矣呢，敢閣欲唱？若欲繼續，我欲點烏白切。	妳在意的點真的很奇怪……，跟妳講到都餓了，時間快到了，要續唱嗎？要續唱的話我要點滷味拼盤。
陳嘉玲	無要緊，逐家看起來攏真忝矣，我等一下可能閣愛轉去病院。	沒關係，大家看起來都累了，我等一下可能還要回醫院。
盧佳華	無歌矣呢。	沒歌了。
盧佳惠	就攏予你切了了矣。	都被你切光了。
盧佳華	啊毋是妳叫我切的。	還不是妳叫我切的。

盧佳惠	袂當切。	不准切。
盧佳華	好啦！莫跳針。應該閣會使點一條，妳點妳唱。	好啦！不要跳針。應該還可以點一首，妳點妳唱。
盧佳惠按下點歌鍵，潘越雲的〈純情青春夢〉旋律出。		
盧佳華	這條歌敢若捌聽過呢……	這首歌好熟……
盧佳嘉	媽媽的招牌歌啊。	媽媽的招牌歌啊。
盧佳惠拿起麥克風欲唱。		
盧佳嘉	「盧佳惠」，妳這條唱完若無哭，我等一下請鹹酥雞。	盧佳惠，妳唱完這首沒哭的話，我等下請吃鹹酥雞。
盧佳惠開口唱。		

盧佳惠	（唱）送你到火車頭，越頭就做你走，親像斷線風吹，雙人放手就來自由飛，阮猶有幾句話，想欲對你解說，看是藏佇心肝底較實在……阮也有逐工等，只驚等來的是絕望，想來想去，袂當辜負著青春夢，青春夢，咱兩人相欠債，你欠阮有較濟，規氣看破來扯扯，較實在……
	（唱）送你到火車頭，越頭就做你走，親像斷線風吹，雙人放手就來自由飛，阮還有幾句話，想要對你解釋，看是藏在心肝底較實在……阮也有每天等，只驚等來的是絕望，想來想去，抹凍辜負著青春夢，青春夢，咱兩人相欠債，你欠阮有較多，歸去看破來切切，較實在……

音樂聲淡出。

第四場

▼舞臺：診所的座位區。
盧佳惠、盧佳嘉、陳嘉玲坐成一排。

盧佳惠	妳對恁媽遐過來的乎？敢食飯矣？	妳從妳媽那邊過來的？來之前有吃飯嗎？
陳嘉玲	有啦，這馬病院的地下街佮百貨公司的地下街仝款。	有，現在醫院地下街跟百貨公司地下街一樣。
盧佳惠	有就好。	那就好。
陳嘉玲	恁敢食過矣？	妳們吃過了嗎？
盧佳惠	有啦，免煩惱。	吃了，別擔心。
盧佳嘉	伊根本就食袂落。	她根本吃不下。
盧佳惠	哎唷，「華華」第一擺開刀呢，我是欲按怎食會落啦。	華華第一次開刀，我怎麼吃得下。

盧佳嘉	伊細漢捌割過包皮啊。	他小時候割過包皮。
盧佳惠	妳這馬莫講這。	妳現在不要講這個。
陳嘉玲	我第一擺來整容外科，想袂到裝潢甲遮爾（tsiah-nī）氣派⋯⋯	我第一次來整型外科，沒想到裝潢這麼華麗⋯⋯
盧佳嘉	聽講遮閣有「祕密通道」。	聽說這裡還有祕密通道。
陳嘉玲	恁是按怎揣著遮的啥（hannh）？	怎麼找到這裡的？
盧佳嘉	阮弟⋯⋯「華華」若像佇「討論區」揣著的，這間上濟人呵咾，雖然是有較貴，毋過胸型上媠。	我弟⋯⋯華華好像在哪個討論區找到的，這家的口碑最好，雖然比較貴，但是胸型最美。
盧佳惠	妳這馬莫講這啦⋯⋯，哪會開遮久⋯⋯？	妳現在不要講這個⋯⋯，怎麼開這麼久⋯⋯？
盧佳嘉	無妳先轉去歇睏，伊出來我隨共妳講。	不然妳先回去休息，他一出來我就立刻打給妳。
盧佳惠	無要緊。	沒關係。

盧佳嘉	就共妳講欲來就莫去店裡啊。	不是跟妳說要來就不要去店裡嗎？
盧佳惠	「王媽」個囝發燒，臨時袂當來，我驚跤手無夠毋才。	王媽媽兒子發燒，臨時不能來，我怕人手不夠嘛。
盧佳嘉	才一工爾。	就一天而已。
陳嘉玲	抑是妳眯一下，我有「眼罩」，會當借妳。	還是妳睡一下？我有眼罩，可以借妳。
盧佳惠	我規身軀臭油煙呢，莫啦。	我身上都油煙味，不要啦。
陳嘉玲	無要緊啦，妳提去用。	沒關係，妳拿去用。
盧佳惠	啊，我來去問櫃檯。	啊，我去問櫃檯。
盧佳嘉	問啥？	問什麼？
盧佳惠離開座位區。		
盧佳嘉	妳這站仔嘛猶睏咧病院？	妳最近還是睡醫院嗎？

陳嘉玲	盡量啦。雖然除了許太太以外，閣有揣一个看護二四小時輪班，但是想著媽媽一个人佇咧病院，我就睏袂落眠……，顛倒佇病院閣較好睏……。恁進前是按怎顧的？	我盡量。雖然除了許太太以外，有找另一個看護二十四小時輪班，但想到媽媽一個人在醫院裡，我就睡不著……，反而住在醫院睡得比較好……。你們以前怎麼照顧的？
盧佳嘉	規日攏請看護傷貴矣，阮三个就輪流顧，三不五時請伊來塔（thap）一下。「華華」彼陣閣咧讀大學，日時伊顧，下晡阮姊仔收店了後就換手，啊我下班身軀洗洗咧就隨過去，隔轉工直接由病院去公司，彼陣有夠歹睏，上班攏袂晏到（uànn-kàu）。	二十四小時看護太貴了，許太太偶爾來，我們就三個人輪流顧。華華當時還在念大學，白天給他，下午我姊收完店就去接，我下班回家，洗完澡就過去，直接從醫院去公司，那陣子睡得差，上班都不會遲到。
陳嘉玲	足欣羨的，孤我一个攏無人通接我的班。	好羨慕啊，獨生女都沒辦法跟人排班。

盧佳嘉	毋過恁兜好額呢。	可是妳家有錢欸。
盧佳惠	欸，「盧佳嘉」，妳「翻舊帳」喔？	欸，盧佳嘉，妳不要一直翻舊帳！
盧佳惠回來，手上拿著三個醫療用口罩。		
盧佳惠	恁看！遮有影較專業呢，喙罨閣「伸縮」的，來，一人一个。	這裡果然專業，口罩還是綁帶的。妳們看！一人一個。
盧佳惠分發口罩。盧佳惠把口罩對摺，蓋住眼睛，綁好帶子，往椅子一靠準備睡了。		
盧佳惠	「華華」出來愛共我叫喔。	華華出來要叫我。
盧佳嘉	好，做妳睏。	好，妳專心睡。
手機震動聲。 盧佳嘉用手肘敲盧佳惠，盧佳惠拿下口罩。		
盧佳嘉	毋是講無咧聯絡矣！	不是說沒聯絡了！
盧佳惠	啥啦？	什麼啦？
盧佳嘉	妳的「奪命追魂 call」，閣敲來矣。	妳的奪命追魂 call，又打來了。

盧佳惠打開包包往裡看。		
盧佳惠	毋是我的啊。	不是我的手機啦。
陳嘉玲	歹勢，是我的。	不好意思，是我的。
陳嘉玲拿著手機往旁邊走。		
盧佳惠	伊頂擺講，叫妳去佃媽媽的公司上班，妳考慮了按怎？	她上次提的，要妳去她媽媽家的公司上班，妳考慮好了沒？
盧佳嘉	去佃的公司上班，感覺怪怪。	去她家的公司上班，太奇怪了。
盧佳惠	妳毋是想欲換頭路，人佃開的條件遐好著。	妳不是想跳槽？人家開的條件又那麼好。
盧佳嘉	佃公司的人一定知影我是啥人，我才無想欲去咧。	公司的人一定知道我是誰，我不想去。
盧佳惠	「盧佳嘉」！	盧佳嘉！
盧佳嘉	莫叫我全名，遮是公共場所，而且我這馬無想欲予人念。	不要叫我全名，這裡是公共場合，而且我現在不想被念。

盧佳惠	妳遐勢讀冊，愛好好仔把握機會……，莫像我全款。	妳書讀得那麼好，要懂得好好把握機會……，不要像我一樣。
停頓。		
盧佳嘉	姊，妳按呢真好啊。	姊，妳這樣很好。
盧佳惠	好？好到今攏猶嫁袂出去。	好到現在都嫁不出去。
沉默。		
盧佳嘉	敢著愛結婚？結婚對咱查某人來講抑無較好啦。妳就是拄到薄情郎，咱規口灶落衰啦。	幹嘛要結婚？結婚對女生來說……弊大於利。妳就遇到負心漢，我們一家都走這個衰運。
盧佳惠	欸，「華華」以後敢會拄著「負心漢」啊？	妳說華華以後會不會遇到負心漢？
盧佳嘉	會曉按呢講耍笑矣，袂穤喔，有進步。	會開這種玩笑了，妳不錯，有進步。

盧佳惠	毋管按怎攏好，揣著一个真心愛伊的人就好。	怎樣都好，找到一個真心愛他的人就好。
盧佳嘉	我有真心愛伊，妳嘛有，「嘉玲」可能嘛有，按呢就有夠矣。	我有真心愛他，妳也有，嘉玲也可能有，這樣就夠了。
停頓。 陳嘉玲走回來，手上拿著三罐礦泉水，水拿不穩快掉了，盧佳惠、盧佳嘉伸手接過。		
陳嘉玲	護士講大概閣愛兩點鐘。	護士說大概再兩個小時。
盧佳惠	啥？遮久喔。	好久。
盧佳嘉	抑是妳先轉去歇睏？	還是妳先回家休息？
盧佳惠	我欲佇遮，弟弟欲變妹妹矣，我欲第一个看著。	我要在這裡，弟弟要變妹妹了，我要第一個看到。
盧佳惠用力把口罩戴回眼睛。盧佳嘉與陳嘉玲對看一眼。		
盧佳嘉	啊恁媽猶是一直咧睏喔？	妳媽還是一直睡嗎？

陳嘉玲	最近是有較淺眠啦。有時陣我半暝仔醒過來，發現阮媽目睭金金毋知影咧看啥，講一大堆我聽無的話。昨昏是講「我強欲蔫去矣」，我就提水予伊啉，伊毋知影佗位來的氣力，對家己的頭殼淋落去。	最近是睡得很淺。有時候我凌晨醒來，發現我媽盯著空氣看，講一堆我聽不懂的話。昨天是說「我快乾掉了」，我就拿水給她喝，她不知道哪來的力氣，把水往自己頭上淋。
盧佳嘉	哪會按呢？	為什麼？
陳嘉玲	伊夢著伊是佇阮古厝厝埕內的榕仔，妳捌去過無？三層樓的樓仔厝。	她夢見她是我們老家院子裡的榕樹，妳有去過嗎？三層樓的老洋房。
盧佳嘉	毋捌。	沒有。
陳嘉玲	我讀幼稚園進前捌佇遐蹛過，尾仔干焦賰過年才會轉去。伊定定共我講榕仔誠陰，莫傷倚。爸爸破病彼	我上幼稚園之前住過那裡，後來只有過年的時候才會回去。她常常跟我說榕樹很陰，不要靠近。爸爸生

站仔，阮媽其實有偷偷仔揣師傅來看，彼个師傅講，彼欉榕仔生甲傷大欉矣，已經煉成榕仔精。榕仔精的鬚已經伸入來阮家族，影響風水，閣會吸男丁的精氣，彼欉榕仔若無剉掉，阮兜的查埔人攏活袂過五十……，阿公四十出仔就心梗窒（Sim-kénn-that）走矣……。橫直媽媽連鞭叫工來剉樹仔，閣揣法師來作法，因為聽說，成精的老樹是袂使烏白剉的。

病的那陣子，我媽其實有偷偷找風水師來看，那個老師說，那棵樹長得太大了，已經修煉成榕樹精。榕樹精的觸角伸進我們家族，遮住老家的地理穴位，影響風水，還會吸收家中男丁的精氣，那棵樹不砍掉，我們家的男丁活不過五十歲……，爺爺四十出頭就心肌梗塞走了……。總之，媽媽立刻找工人來砍樹，還找了人來作法，因為聽說，老樹是不能亂砍的。

盧佳惠把口罩拿開。

陳嘉玲

規百年的老樹，一早仔就剉掉矣，叫怪手連根攏薅（khau）起來，彼是通知恁來病院的前一工

近百年的老樹，一個早上就砍掉了，叫了怪手，連樹根都刨起來……。那是通知你們來醫院的前

	……，阮媽媽透早就去仁愛路提雞卵糕，伊佇彼間店看著一个人，感覺應該是妳……。彼工爸爸有兩个雞卵糕，我想，伊應該早就慣勢矣，兩个雞卵糕，兩擺生日，兩个某，兩个家庭……	一天……，我媽媽一早就去仁愛路拿蛋糕……，她後來跟我說，她在蛋糕店看到一個人，覺得應該是妳……。那天爸爸有兩個蛋糕，我想，他應該早就習慣這件事：兩個蛋糕，兩次慶生，兩個老婆，兩個家庭……
盧佳嘉	四个囡仔……，強欲變做四个查某囝……	四個小孩……，快要變成四個女兒……
盧佳惠	伊兩粒雞卵糕攏無食著，伊彼工根本就無法度食物件。	他兩個蛋糕都沒吃到，他那天根本沒辦法吃東西。
陳嘉玲	伊有食，攏有食，伊「天秤座」的，真注重公平。彼工下晡伊精神變足好，雞卵糕食完，閣講欲去病院外	他有吃，都有吃，他天秤座的，很注重公平。那天下午他精神變得很好，吃了蛋糕，還說要去醫院外頭

	口行行咧，暗頭仔開始番欲出院、欲轉去。	走走，傍晚開始吵著要出院、要回家。
盧佳惠	後來咧？	後來呢？
陳嘉玲	後來……伊就過身矣。	後來……後來他就死掉了。
停頓。		
陳嘉玲	後來阮阿舅就直直說，彼就是「迴光返照」啊我哪會毋捌，哪會無趕緊予爸爸共代誌交代予清楚。我哪會捌，我歡喜就袂赴矣，想講，過規工仔爸爸就會使出院矣，我哪有可能捌……	後來我舅舅一直說，那就是迴光返照啊我怎麼不懂，怎麼不趕快讓爸爸把事情交代清楚。我怎麼會懂？我那個時候高興都來不及，想說再過幾天爸爸就可以出院了，我怎麼可能會懂……？
盧佳嘉	恁阿舅哪會當按呢。	妳舅舅真的很差勁。
盧佳惠	我看著恁阿舅傳的LINE，已經是隔轉工早仔的代誌矣。我攏真早睏。	我看到妳舅舅傳來的LINE，已經是隔天早上的事了。我睡得早。

陳嘉玲	歹勢，彼个時陣亂操操……	對不起，那時候一團亂……
盧佳惠	今馬想著猶是感覺足譀的，彼个LINE的畫面我記到今……。我這馬已經無咧用LINE矣。	現在想到這件事還是覺得好荒謬，那個LINE畫面，我到現在還記得……。我現在已經不用LINE了。
陳嘉玲	真正足失禮的，真歹解說，但是真正足失禮。	真的很抱歉，很難解釋，但是真的很抱歉。
盧佳惠	彼陣是暗時十點三十六分，爸爸敢是佇這个時間離開的？	訊息是晚上十點三十六分，爸爸是這個時間離開的嗎？
陳嘉玲	十點半。	十點半。
盧佳惠	爸爸是半暝仔出世的……，伊猶是無超過五十歲……	爸爸是半夜出生的……，他還是沒超過五十歲……
停頓。		
盧佳惠	好，無要緊，按呢「華華」就無代誌矣著無！毋管榕仔敢有予人剉	好，沒關係，這樣華華就沒事了，對吧！不管榕樹有沒有砍掉、那個

	掉、彼个師傅敢有烏白講，伊這馬應該無算是男丁矣乎？	風水師有沒有亂講，他現在不算是男丁了吧？
盧佳嘉	以傳統的角度，應該毋是矣啦。	以傳統的角度來看，應該不算。
盧佳惠	抑是……叫伊切掉？	還是……還是叫他切掉？
盧佳嘉	姊……	姊……
盧佳惠	叫伊以後較捷穿裙咧，莫閣穿褲！	叫他以後盡量多穿裙子，不要再穿褲子！
盧佳嘉	姊……，毋是看穿插的啦！	姊……，也不是用穿著來看吧！
盧佳惠	按天公伯仔的角度，按呢較清楚啊。妳！妳負責𤆬伊去買裙，閣有內衫。	從老天爺的角度，這樣比較清楚啊。妳！妳負責帶他去買裙子，還有內衣。
盧佳嘉	人伊佮意按怎穿，伊家己決定就好矣啦。	他有自己的喜好跟想法，他可以自己搞定的。

陳嘉玲	今仔日我有一个任務……，欲來進前我佮阮媽舞足久的，毋過伊叫我咒誓一定愛甲做。	我今天有一個任務……，來之前我跟我媽抵抗了很久，但她要我發誓會做到。
盧佳嘉	做啥？	怎麼了？
陳嘉玲拿起旁邊的大袋子，打開，拿出一堆洋裝。		
陳嘉玲	阮媽堅持，欲送「華華」一寡裙……，伊央我轉達一句話，祝「華華」食百二。以上，我講煞矣。	我媽堅持，要送華華一些裙子……。她託我轉達一句話，祝華華長命百歲。以上，我講完了。
沉默。		
陳嘉玲	歹勢，伊不知影啥物時陣敲電話叫專櫃送去病院的。早時仔阮無細膩共原本的袋仔用破去，這馬這袋衫看起來淡薄仔亂……。阮媽這規冬仔身體無蓋好，真愛烏白想……，	對不起，她不知道什麼時候打電話叫專櫃送去醫院的。早上我們不小心把原本的袋子弄破，現在這袋衣服看起來有點亂……。家母這幾年身體不是很好，有點容易

	伊毋是刁工的……	鑽牛角尖……，她不是有意的……
盧佳惠	阿姆的好意，阮替「華華」收起來，伊精神了後若看著遮的裙，一定會足歡喜的。	伯母的好意，我們代華華收下了。她醒來看到這些裙子，一定會很開心的。
盧佳惠拿過大袋子，打開，看向裡頭，慢慢拿起一件黑色小洋裝。		
盧佳嘉	姊……	姊……
盧佳惠	遮的衫無俗乎……？這料身摸起來真幼軟呢……	這些衣服不便宜吧……？這個質料摸起來好舒服……
盧佳惠拿過袋子，洋裝有黑的、紅的、白的、花的……，各種顏色跟款式，她一一展開那些洋裝，仔細檢視，然後將洋裝們摺好，放在旁邊的空座位。最後一件是她最先拿起的黑色小洋裝，她沒有摺，小心將洋裝放在空座位，彷彿洋裝正坐在那個位置上。		

第五場

▼舞臺：陳嘉玲家客廳。
如同第一場，眾人皆著黑衣。

盧佳惠、盧佳嘉、陳嘉玲在長桌邊坐成一排，正在摺紙元寶，陳嘉玲、盧佳嘉摺完堆成一堆，盧佳惠將元寶撐開，在桌上堆成一小堆。盧佳華穿黑色小洋裝進場，提著一大袋蓮花金紙和一袋飲品。

陳嘉玲	多謝，按呢偌濟？	謝謝，總共多少錢？
盧佳華	「嘉玲姊姊」，免佮我客氣啦。	嘉玲姊姊，不要跟我客氣。
陳嘉玲	外口遐的人敢有共妳按怎？	外面那些人有沒有為難妳？
盧佳華	放心，無。	放心，沒有。
盧佳惠	就共妳講穿這領愛配懸踏鞋，毋才較有氣勢。	不是跟妳說穿這件洋裝要配高跟鞋？比較有氣勢。
盧佳嘉	敢真正無？	真的沒有嗎？

盧佳華	𪜶都嗤嗤呲呲（tshih tshih tshū tshū），一直掠我相。	他們就竊竊私語，然後盯著我胸部看。
盧佳嘉	哼，開遐濟錢，是𪜶想欲看就會當看的喔？妳若閣看𪜶咧看，就罵𪜶「變態」。愛較大聲咧，知無。	哼，花那麼多錢用的，是他們想看就看的嗎！妳等下再發現他們看，就罵「變態」。要大聲一點知不知道？
陳嘉玲	「華華」最近敢攏好，敢有拄著歹人？	華華最近都好嗎，有沒有遇到壞人？
盧佳華	我攏好，恁免煩惱。逐擺出門「大姊」攏比我較激動，有當時仔別人干焦共我影一下，「大姊」就會共人睨。	我都好，不用擔心。每次出門大姊都比我激動，有時候路人只是看我，大姊就猛瞪人家。
盧佳惠	有的人的眼神就足討厭的啊……，頂擺佇戶政，邊仔的人嘛是。	有些人的眼神很討厭啊……，上次在戶政事務所，旁邊的人也是。

陳嘉玲	敢辦有成？	有成功嗎？
盧佳惠	佃講手術若無完成就袂當辦……，毋過，毋過「華華」就感覺家己是查某的，毋是喔，「華華」確定家己是查某的……，結果證件猶是袂當換。	他們說，變性手術沒完成就不行……。可是，可是華華覺得自己是女生，不對，華華確定自己是女生……，結果證件還是不能換。
盧佳華	「大姊」，有恁按呢講就有夠矣，莫插佃啦。	大姊，有妳這樣說就夠了，別管那些人。
盧佳惠	這个世間上，莫名其妙的人有夠濟，足想欲共佃罵。	這世界上莫名其妙的人真的很多，好想罵人。
盧佳嘉	無妳行去外口，對佃喝「變態」當作練習。	那妳走到外面，對他們大喊「變態」，當作練習。
盧佳惠	莫佇遮共人罵啦。	不要在這裡罵人啦。

陳嘉玲	無要緊，遐的人會使罵。連蓮花金紙都買毋著，閣是「華華」去重買的。做恁罵，我無要緊，相信阮媽嘛是。	沒關係，那些人可以罵。連蓮花金紙都買錯，還是華華去幫忙重買的。盡量罵，我不介意，相信我媽也不會介意的。

盧佳華從袋子拿出飲品。

盧佳華	冰的烏咖啡……姊姊的……，「冰拿鐵」……我的佮「大姊」的……，「熱巧克力」……「二姊」的……	冰的黑咖啡……姊姊的……，冰拿鐵……我跟大姊的……，熱巧克力……二姊的……

接著盧佳華將金紙一疊疊放在桌上，拆封。盧佳嘉與陳嘉玲拿出袋子，一起把摺好的元寶裝袋。盧佳惠把金紙攤成扇形。四人動作完畢後坐下，有默契地開始摺。

盧佳嘉	下早仔恁猶袂來，個阿舅就揣朋友來，紮幾號十个玉仔的鳳金甕仔，愛伊隨揀……	早上妳們還沒來的時候，她舅舅找了朋友來，帶幾十個玉石材質的骨灰罐要她立刻選……
盧佳惠	伊是閣欲創啥？	他又想幹嘛？

盧佳嘉	我是真客氣共伊問價數喔，逐罐攏差不多會當買一間套房。	我就客氣地問價錢，每罐都差不多可以買一間小套房。
陳嘉玲	是啦，這嘛是套房的一種……，無隔間，算是loft……	是啦，這也是套房的一種……，沒有隔間，算是loft……
盧佳嘉	重點是，攏足穤！	重點是，都很醜！
盧佳惠	好佳哉有妳佇咧，妳愛鬥擋一下呢。	還好妳在，妳要幫忙擋一下。
盧佳嘉	我知。	我知道。
陳嘉玲一邊摺紙，默默地落淚。盧佳華遞上小包面紙，盧佳惠、盧佳嘉一路傳過去給陳嘉玲。四人沉默地低頭摺紙。盧佳華從手提包裡拿出一包抽取式衛生紙，放在桌子中間。		
陳嘉玲	趁我閣會記得，我佇媽媽的梳妝檯揣著這張相片。	趁我還記得，我在媽媽的梳妝檯找到這張照片。
陳嘉玲從黑襯衫的前口袋拿出照片，盧佳嘉接過，盧佳惠、盧佳華也湊過來看。		

陳嘉玲	應該是佇爸爸的古厝厝埕翕的。	應該是在爸爸的老家後院拍的。
盧佳華	這欉樹仔足大欉的呢。	這棵樹好大。
陳嘉玲	規冬前剉掉矣。	前幾年砍掉了。
盧佳惠	就是彼欉喔……	就是那棵啊……
陳嘉玲	看著相片我才想起來，較早厝埕閣有一座噴水池，可能是一種「中西合璧」的概念，池仔中央閣有一个直直咧放尿的「邱比特」，我四、五歲仔的時陣佇遐咧耍，好玄為啥物「邱比特」會使直直放尿，結果頭殼額仔予伊的箭揬著，流足濟血的。爸爸有夠生氣，聽講對（uì）病院轉來，伊就隨硬共規身「邱比特」掣（tshuah）掉矣。	看到照片我才想起來，後院以前還有個噴水池，可能是一種中西合璧的概念，池中間還有一直在尿尿的邱比特，我四歲還五歲的時候在後院玩，想去看為什麼邱比特可以一直尿尿，結果額頭被他手上的箭刺中，流了超多血。爸爸太生氣了，聽說一從醫院回家，他就徒手把邱比特拔掉了。

盧佳惠	有成伊會做的代誌。	很像他會做的事。
盧佳嘉	進前我的面予貓仔抓（jiàu）幾仔稜（lîng），爸轉來就隨共伊掠去鉸指甲。	之前我臉被貓抓了好幾條，爸爸一到家，就把貓抓去剪指甲。
陳嘉玲	好佳哉毋是共貓仔按怎。	還好不是把貓怎麼樣。
盧佳嘉	哪有可能，伊上愛的就是貓仔啊，逐擺轉來攏佮貓仔講上濟話。	怎麼可能，他最愛貓了，他每次回家，跟貓說最多話。
陳嘉玲	按呢喔。我叫是講伊討厭動物……，伊捌共我講過，伊其實無想欲生囡仔，自由自在偌好咧。	這對我來說太難想像了，我以為他討厭動物……。他跟我說過，他其實不想要小孩，自由自在的多好。
盧佳嘉	想欲自由自在就莫生啊，囡仔袂當選擇爸母，嘛袂當選擇家庭，這閣較無公平。	想要自由自在就不要生啊，小孩也不能選擇父母，也不能選擇生在什麼樣的家庭，這更不公平。

沉默。

盧佳惠	爸爸彼陣足少年的呢……，這兩个囡仔是啥人？雙生仔喔？閣穿仝款的衫……	爸爸那時候好年輕……，裡面的小孩是誰？是雙胞胎嗎？還穿一樣的衣服。
陳嘉玲	毋是雙生仔……，妳閣掀過。	不是雙胞胎……，妳翻到背面。
盧佳惠	「佳惠」……佮「嘉玲」……一歲……，我認袂出來……，厝裡無我細漢的相片……	佳惠……跟嘉玲……一歲……，我認不出來……，家裡沒有我小時候的照片……
陳嘉玲	應該有一个是我，彼領衫我有印象……，但是傷遠矣，佗一个是我看無啥會出來。	應該有一個是我，我有過這件衣服……，但是太遠了，看不出來哪個是我。

盧佳嘉接過照片。

盧佳嘉	真正看袂出來呢。	真的看不出來。
陳嘉玲	相片挾佇日記內底，我毋知影阮媽有寫日記的習慣。這張相片應該是	照片夾在日記裡，我從不知道我媽有寫日記的習慣。這張照片應該是

	趁阮媽蹛院的時陣翕的。媽媽佇日記內底寫講，伊蹛院一禮拜，我閣細漢，干焦會使留佇厝裡，阮爸講會倩人來鬥顧，我想，應該是請恁媽媽來鬥相共，順紲共「大姊」嘛悉來蹛。閣揣著另外一張相片，一个少年查某人坐佇噴水池頭前，應該是恁媽，毋過伊的面予人畫甲烏趖趖，我就無紮來矣。	趁我媽住院的時候拍的。媽媽在日記裡寫，她住院了一星期，我還太小，只能放在家裡，我爸說會請人來照顧，我猜，應該是請了妳媽媽來幫忙，順便把大姊也帶來住了。還找到另外一張照片，一個年輕女人坐在噴水池前面，應該是妳媽吧？不過她的臉被塗黑了，我沒帶來。
盧佳嘉	那按呢遮的相片是啥人翕的？	那這些照片是誰拍的？
陳嘉玲	現場無別人啊，毋是恁媽，就是恁爸。	現場沒有別人了，不是妳媽，就是妳爸。
盧佳嘉	陳姓真好大膽呢……，悉人轉來，閣予兩个囡仔穿仝款的衫……	陳先生膽子很大欸……，帶人回家，還給兩個小孩穿一樣的衣服……

陳嘉玲	是啊……，相片看袂著嬰仔的面，毋知影彼个時陣敢有抱毋著。	是啊……，照片看不出嬰兒的長相，不知道那時候有沒有抱錯。
停頓。		
陳嘉玲	我閣會記得我讀國小的時陣，定定看著阮媽半暝仔咧講電話，毋若是講喔，有時仔是電話提咧一直罵，有時仔閣會那哭，那講足久的，久甲我欲出門進前，閣捌看過媽媽坐佇膨椅的上邊仔繼續講。彼个時陣我有一个奶母，媽媽若傷大聲，伊就會共我抱落去樓跤的客房睏……。彼幾冬的日記我攏看完矣，阮媽是咧佮恁媽講電話。	我記得我在小學左右，很常看見我媽半夜在講電話，不完全是講，有時候是對著電話大罵，有時候會一邊哭，有時候會講非常久，久到我要出門之前，還看過媽媽坐在沙發最邊邊繼續講。我當時有個保姆，媽媽太大聲的話，她會把我抱到樓下的客房睡……。我看完那幾年的日記了，我媽是在跟妳媽講電話。
盧佳惠	我嘛會記得媽定定佇半暝仔講電話。	我也記得媽媽常常半夜講電話。

盧佳嘉	我嘛有印象。	我也有印象。
盧佳華	我嘛會記得。	我也記得。
盧佳惠	妳遐細漢，哪會記得。	妳那麼小，妳哪記得。
陳嘉玲	阮媽佮恁媽，個若親像熟似，我毋知影敢是朋友，但是個熟似誠久呢，敢是寫批的朋友？毋著，是講電話的朋友。個若電話講真久，通常爸爸攏無佇咧，無佇阮兜，嘛無佇恁兜，無佇任何個知影的所在，我看日記的時陣感覺，個好親像彼款蓋兩光的警察咧……	我媽跟妳媽，她們好像認識，我不知道算不算朋友，但她們認識很久，筆友嗎？不對，是講電話的朋友。她們講很久電話的時候，通常爸爸都不在，不在我家，不在妳家，不在她們知道的任何地方，我看日記的時候覺得，她們好像某種彆腳的警察噢……
停頓。		
陳嘉玲	替爸爸看塔位的時陣，我順紲買媽媽的。若是附近閣有位，恁敢願意	幫爸爸看塔位的時候，我順便買了媽媽的。如果附近有位置釋出，妳

	予恁媽搬過來做伙蹛？想講以陳姓的個性，若是伊定定無佇厝裡，𪜶閣會使做伴。	們會不會願意讓妳媽也搬過來一起住？想說以陳先生的個性，如果他常常不在家，她們還可以一起做伴。
盧佳惠	「嘉玲」，多謝……	嘉玲，謝謝……
陳嘉玲	頂一代的代誌，就予𪜶家己去解決。	上一代的事情，就讓他們自己去解決吧。
陳嘉玲繼續摺蓮花，四人的生產線繼續。		
盧佳嘉	陳姓足煩的呢，遮的代誌閣愛留予咱處理。	陳先生好煩，這些事還要留給我們處理。
盧佳華	恁感覺，咱是毋是可能，閣有其他的兄弟姊妹？	妳們覺得，我們是不是有可能，還有別的兄弟姊妹？
停頓。		
陳嘉玲	啊無今年莫去共伊拜，放予伊枵（iau）。	不然今年不要去拜他，給他餓。

盧佳嘉	好，咱攢腥臊的飯菜予阮媽佮恁媽，予陳姓看有食無。	好，我們準備超豐盛的飯菜給我媽跟妳媽，讓陳先生只能看不能吃。
盧佳惠	𪜶一定會軟心啦。	她們一定會心軟的。
陳嘉玲	袂用得，愛特別共𪜶提醒！	不行，要特別叮嚀她們！
盧佳惠	愛共原則講予清楚。	要把原則講清楚。
盧佳華	無毋著！	沒錯！
陳嘉玲	恁感覺今仔日一百零八蕊敢拗會完？	妳們覺得今天摺得完一百零八朵嗎？
盧佳惠	按呢是……一人二七蕊……，有機會，有機會喔。	這樣是……每個人二十七朵……，有機會，有機會。
盧佳嘉	欸妳，想欲哭就哭，莫客氣。	欸妳，想哭的話就哭，不要客氣。
陳嘉玲	嗯。	好。
盧佳嘉	毋過手莫停。	但是手不要停。

陳嘉玲	好啦。	好啦。

四人加快速度，專心摺蓮花。盧佳惠哼起〈純情青春夢〉的旋律，另外三人小聲加入。

燈暗。

劇終。

後記

會客室裡的人

死亡是一個小會客室，這句話出自一場夢，醒來已不記得夢的內容，床邊的便利貼留下歪歪斜斜的句了。正在思考劇本集命名時，編輯提出了這句話，似乎一切都串了起來，這些劇本擁有相同的伏流。《向光植物》提到，在死亡面前，一切都很渺小，劇本們則都是關於那之後的事，留下來與被留下來的人們怎麼了？

〈無眠〉是我面試北藝大劇本藝術創作研究所的敲門磚，線條還有點糊，人物只有四個，動物們都還沒出場。表面上談失眠，實際上圍繞著自殺，初稿充滿執念，人物跟我一起受困。推甄時，面試教授之一是金士傑，問我寫這劇本的原因，我講著講著莫名開始哽咽，心中如同雷擊，知道還沒準備好。考試過程已經記不清了，只記得要離開時，金士傑老師說：「妳可以寫，如果沒上，希望妳可以再來考試。」推甄當然失敗，一般考試則通過了。

《向光植物》跟〈無眠〉像是異卵雙生，在差不多的時間開始寫，也在差不多的時間定稿。我在許多凌晨切換視窗，分配時間讓兩者並行。現在收錄的〈無眠〉是第六版，回頭看仍有許多生澀之處，在牯嶺街小劇場演出過，甚至遠赴雲南，是一趟奇特的旅程。〈無眠〉跟〈家族排列〉也承蒙學生們的愛戴，幾乎每學期都有演出機會，看到劇照或是演員訪談時總覺得新奇，原來有這樣的詮釋方式，原來在別人心中這人是這樣講話。然後，身為編劇，只能在心中默默祝福所有人順利畢業。

接下來寫的是〈末班車開往凌晨三點〉，時值三一八學運，大部分的初稿都是在青島東路上寫的。故事的起點是去參加前任婚禮的男同志，不知不覺寫進鎮暴水車跟暴力驅逐，並不那麼寫實，有很多借用的影子。這個劇本要感謝周曼農老師的意見，嘗試用聲音去建構，以語言轉換場景，做了一些有趣的實驗。

〈家族排列〉起源是一場告別式，我去參加我父親的告別式，而訃聞上沒有我。那個荒唐的感覺不斷刮搔，後來長出了反覆修改的幾萬字。因為很貼近，試著拉遠時遇上一些阻力，可能是寫作過程感覺最困難的劇本。我想感謝指導教授黃建業，那些固定碰面聊寫作與電影的下午，是創作路上穩定的支持力量。阮劇團將它轉譯成臺語版，另有一番滋味。語言上經歷了眾多演員的討論與實驗，最後長出很棒的

「氣口」，深深感謝，將歷代演出名單列在書末。書中收錄臺語版，特別謝謝林瑞崐老師與演員陳守玉的審訂，希望能為推廣臺文盡一點心力。

〈可寵〉參與了阮劇團的劇本農場計畫，計畫主持人是王友輝老師，另外兩個編劇為周玉軒與邱筱茜。我們寫不同的故事，定期開會驗收進度，每次碰面聊劇本都是有趣的咖啡時光，最後還一起演出，很像一個創作者互助會。寫完女同志不自殺的故事後，我想寫一個女同志和平分手的故事，也是現代愛情的盛大與衰小。

劇本很小眾，不會像文學有「同志文學」的分類，劇本就是劇本。劇本如同生活，裡頭有同志與非同志，有婚禮與喪禮，有愛與失落。作為寫字的人，試著指認還沒有名字的事物，試著打開新的地圖，有時候試圖毀壞標籤，有時候則在小小的分類格中，挪出讓人可以對號入座的空間。

附錄——劇作演出資訊

〈家族排列〉 演出資訊

2018 阮劇團歲末封箱公演｜新嘉義座
2018/12/28、12/30，共演出三場
演員：吳盈萱（盧佳惠）、莊庭瑜（盧佳嘉）、李冠億（盧佳華）、陳守玉（陳嘉玲）

臺北藝穗節｜剝皮寮歷史街區 147 & 149 號
2020/9/3、9/4、9/6，共演出五場
演員：莊庭瑜（盧佳惠）、戴文欣（盧佳嘉）、鍾汶叡（盧佳華）、林家綾（陳嘉玲）

2020 阮劇團歲末封箱公演｜新嘉義座
2020/12/17、12/26，共演出兩場
演員：莊庭瑜（盧佳惠）、戴文欣（盧佳嘉）、鍾汶叡（盧佳華）、林家綾（陳嘉玲）

2020/12/20、12/25，共演出兩場
演員：吳盈萱（盧佳惠）、廖庭筠（盧佳嘉）、李冠億（盧佳華）、戴文欣（陳嘉玲）

2021 藝 FUN 線上舞臺計畫｜ KKTIX LIVE
2021/11/27、11/28，共播映三場
演員：莊庭瑜（盧佳惠）、吳盈萱（盧佳嘉）、李冠億（盧佳華）、余品潔（陳嘉玲）

〈無眠〉 演出資訊

首演｜牯嶺街小劇場
2016/12/16-2016/12/18

雲南小劇場話劇節｜昆明市工人文化宮職工劇場
2016/12/30-2016/12/31

製作人：莊菀萍

導演：陳侑汝

音樂設計、現場樂手：廖海廷

燈光設計、舞臺監督：鄒雅荃

舞臺設計：林仕倫

服裝造型設計：朱珉萱

演員：林唐聿、王渝婷、鍾品喬、舒偉傑

〈可寵〉 演出資訊

嘉義小劇場戲劇節｜嘉義縣表演藝術中心
2020/10/16-2020/10/18

計畫主持人：王友輝

導演：朱芳儀

演員：朱殷秀、周政憲、楊智淳、鄧壹齡、戴文欣、顧軒

死亡是一個小會客室
：李屏瑤劇本集

作者　李屏瑤
執行主編　羅珊珊
特約編輯　石瑷寧
校對　李屏瑤、羅珊珊
美術設計　朱疋

死亡是一個小會客室：李屏瑤劇本集 / 李屏瑤著 . -- 初版 . -- 臺北市：
時報文化出版企業股份有限公司, 2022.07
面；　公分
ISBN 978-626-335-698-6(平裝)
863.54　111010676

總編輯　龔槵甄
董事長　趙政岷
出版者　時報文化出版企業股份有限公司
108019 臺北市和平西路 3 段 240 號 4 樓
發行專線 —（02）2306-6842
讀者服務專線 — 0800-231-705．（02）2304-7103
讀者服務傳真 —（02）2304-6858
郵撥 — 19344724 時報文化出版公司
信箱 — 10899 臺北華江橋郵局第 99 信箱

時報悅讀網　http://www.readingtimes.com.tw
思潮線臉書　https://www.facebook.com/trendage/
時報出版愛讀者　http://www.facebook.com/readingtimes.fans

法律顧問　理律法律事務所　陳長文律師、李念祖律師
印刷　勁達印刷有限公司
初版一刷　二〇二二年七月二十九日
定價　新臺幣四五〇元